Celestes Tränen

von

Ari TUR & Elvira Kujovic

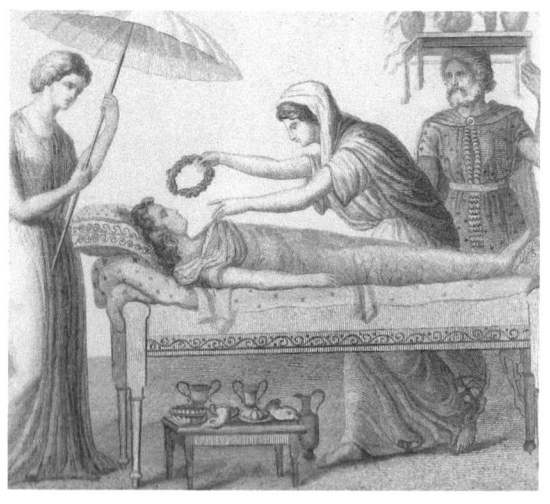

Über das Buch:

Der Student Dario besucht in seiner Heimatstadt Saarbrücken eine Grotte, in der zur Römerzeit der persische Lichtgott Mithras verehrt wurde. Auf wundersame Weise findet er sich plötzlich in der antiken Stadt Sergiopolis, in der spätrömischen Provinz Syria, wieder. Eine junge Frau namens Celeste nimmt sich seiner an und führt ihn zu einem mystischen Ort, an dem ihm ein Greis eröffnet, dass er der Auserwählte sei, auf den man schon seit einhundert Jahren warte. Sieben Prüfungen werden Dario auferlegt – nur wenn er diese besteht, kann er in sein altes Leben zurückkehren. Doch will Dario das überhaupt? Celeste geht ihm nicht mehr aus dem Sinn. Die rätselhafte Schönheit hütet ein Geheimnis, das sie mit niemandem zu teilen wagt - auch nicht mit Dario ...

Über die Autoren:

Elvira Kujovic, eine zweisprachige Dichterin. Sie wurde in Serbien geboren, lebt seit 1992 in Deutschland und schreibt Poesie. Sie hat bislang drei Gedichtbände veröffentlicht: *»Ein Gedicht schreit auf aus meiner Brust«* erschien 2016 in Berlin, *»Ljubav i strah«* publizierte sie im Jahr 2017 in Belgrad im Verlag Alma. Das Buch wurde im Jahr 2018 auch ins Italienische übersetzt und erschien unter dem Titel *»L'Amore e la paura«.* Ihr dritter Gedichtband trägt den Titel *»The Last Coffee«.* Dieses Buch wurde 2018 in den USA und Taiwan veröffentlicht. Für ihr Werk »Syrien weint« erhielt Elvira Kujovic im Jahr 2017 in Italien die internationale literarische Auszeichnung *»OMAGGIO MEDITERRANEO«.*

Ari TUR arbeitete viele Jahre lang als Altertumsforscher in Syrien und hat mit seinem mehrbändigen archäologischen Roman

»*König der vier Weltgegenden*« von sich reden gemacht.

Beide wagen mit dem Roman »Celestes Tränen« den Versuch, Poesie und Prosa aus unterschiedlichen Federn in einem gemeinsamen Werk zu vereinen. Jüngste wissenschaftliche Forschungsergebnisse über den Mithras-Kult wurden dabei berücksichtigt, auch wenn dieser Roman weit davon entfernt ist, wissenschaftliche Ansprüche zu erheben, so bleibt er dennoch den neuesten Erkenntnissen über den mystischen Kult verpflichtet.

Ari TUR und Elvira Kujovic

Celestes Tränen

Bibliografische Information der Deutschen Nationalbibliothek:
Die Deutsche Nationalbibliothek verzeichnet diese Publikation in der Deutschen Nationalbibliografie; detaillierte bibliografische Daten sind im Internet über http://dnb.dnb.de abrufbar.

Covergestaltung: Isabell Valentin
Schrift: Amerika made by Apostrophic Labs
Zeichnungen: Vlad Hnatovskij
Textgestaltung: Ari TUR

Herstellung und Verlag: BoD – Books on Demand, Norderstedt

ISBN: 978-3-752822496

Inhaltsverzeichnis

Vorwort

Poesie fristet im weiten Feld literarischer Erzeugnisse eher ein Nischendasein. Die Lyrikerin Elvira Kujovic und der Schriftsteller Ari TUR kamen auf die Idee, der Poesie einen anderen Rahmen zu bieten, indem man sie in einen Roman einbettet, in dem Gedichte eine wichtige Rolle einnehmen. Der Roman sollte an der mysteriösen Mithras-Grotte in Saarbrücken, einem Kultplatz aus heidnischer Zeit, seinen Anfang nehmen. Ari TUR legte die ersten beiden Kapitel so an, dass an deren Ende ein Gedicht – verfasst von Elvira Kujovic – stehen musste. Die Lyrikerin nahm Bezug auf die Textvorgabe, der Romanschreiber im Anschluss wieder auf die poetischen Verse. Beide warfen sich also während des Schreibens literarische Bälle zu, auf die der jeweilige Schreibpartner individuell reagieren musste.

Entstanden ist ein mystisches Märchen voller Poesie, das uns in eine geheimnisvolle Welt voll Zauber und Magie entführt.

Die Autoren danken Barbara Ninnemann, Ulrike Naumann-Schlauch und Lothar Schwarz für die akribische Durchsicht des Manuskripts. Für etwaige Fehler sind die beiden Autoren alleine verantwortlich. Wichtige Anregungen erhielten sie in lebhaften Diskursen mit der Autorengruppe »Die Schreiberberger« in Saarbrücken.
Sehr zu Dank verpflichtet sind sie beide Autoren Isabell Valentin für die fantasievolle Gestaltung des Covers und Vlad Hnatovskiy für das Artwork im Textteil.

1 – Zauber des Waldes

Wie ein letzter Atemzug klingt es, wenn der Linienbus anhält und die überflüssige Druckluft aus den Ventilen bläst. Die Türen öffnen sich wie von Geisterhand und die Menschenmassen wälzen sich ins Freie. Dario lässt den Mitreisenden beim Aussteigen den Vortritt, denn er hat es – im Gegensatz zu ihnen – heute nicht eilig! Schließlich sind Semesterferien und er hat sich vorgenommen, das ›Mithrasheiligtum‹ auf dem Saarbrücker Halberg zu besichtigen, über das sein Professor im Fach Religionsgeschichte während der Vorlesung ins Schwärmen geraten war. Eine geheimnisvolle Grotte, mitten im Wald mit einem heidnischen Opferplatz. Dario war sofort Feuer und Flamme: Diesen Ort muss er mit eigenen Augen sehen! Mit ihm im Bus sitzen ausschließlich Angestellte des Saarländischen Rundfunks, die nun schnellen Schrittes zur Arbeit eilen. Der Busfahrer nickt ihm noch

einmal freundlich zu, bevor er die Rück-
fahrt zur City antritt.

Dario steht plötzlich alleine an der Halte-
stelle. Kein Mensch mehr weit und breit. Er
zieht eine Informationsbroschüre des Saarländischen Rundfunks aus der Tasche und
klappt den Folder auseinander.

Der Rundweg

Abb. 1: Historischer Rundweg
auf dem Saarbrücker Halberg

In der Mitte eine Karte mit den einzelnen
Stationen des Rundwegs ›Historischer Halberg‹. Rechts von ihm liegt Schloss Halberg,

4

doch sein Ziel, die Mithras-Grotte, liegt in entgegengesetzter Richtung. Dario genügt ein kurzer Blick auf die Karte, um sich alles einzuprägen. Ihm wurde eine außergewöhnliche Gabe in die Wiege gelegt: Er verfügt über ein fotografisches Gedächtnis! Karten aller Art, Bilder und sogar ganze Texte kann er sich für kurze Zeit einprägen und wenn notwendig, wie auf Knopfdruck, abrufen. Seine Kommilitonen beneiden ihn um dieses besondere Talent, verschafft es ihm doch bei Klausuren erhebliche Vorteile. Doch Dario spricht nicht so gerne über diese Fähigkeit, denn er möchte nicht als Sonderling gelten! Niemand konnte Dario bislang erklären, woher diese Veranlagung rührt. Auch seine aus Persien stammende Mutter hatte keine Erklärung. Niemand sonst in der Familie besaß diese Fähigkeit. Darios Vater neckt ihn immer augenzwinkernd, dass er diese Eigenschaft von dem persischen Großkönig Dareios geerbt haben müsse, nach dem man ihn benannt habe.

»Ein Großkönig braucht ein großes Hirn!«, frotzelt sein Papa bei jeder Gelegenheit, die sich ihm bietet. Dario mag es nicht, wenn er als etwas Besonderes herausgestellt wird. Deshalb meidet er es, mit anderen über sein fotografisches Gedächtnis zu sprechen.

Dario läuft los, überquert einen Parkplatz und steht vor einer hohen Hinweistafel, auf der die einzelnen Stationen des Rundweges »Historischer Halberg« markiert sind. Station 4 ist das Mithrasheiligtum. Das muss diese geheimnisvolle Höhle sein, in der römische Legionäre den Lichtgott Mithras verehrt haben sollen. Gar nicht weit von hier!

Zunächst geht es einen Waldweg bergab. Die Maisonne begleitet ihn mit ihren wohlig wärmenden Strahlen. Die Natur ist hier fast unberührt. Die Kronen der Baumriesen ragen in den Himmel und scheinen ihre überlangen Äste zur Begrüßung nach ihm auszustrecken. Das junge Laub spannt seinen grünen Blätterschirm über Dario, durch den die Sonnenstrahlen immer wieder einen Weg finden, um das Leben am Waldboden wachzuküssen. Eine schmale Ameisenstraße kreuzt seinen Weg, ein Eichhörnchen bringt in Windeseile eine Nuss zu einem Versteck, Vögel zwitschern im Geäst und scheinen auf den Zweigen zu tanzen. Dario lässt sich treiben, hinein in die wundervolle Natur, den Verkehrslärm, die Hektik hinter sich lassend. Schon bald ist er weit entfernt von dem Getöse der Großstadt. Er entspannt sich. Zum ersten Mal ergreift ihn eine tiefe innere Ruhe, wie er sie schon seit langer Zeit nicht mehr verspürt hat. Der Zauber des Waldes nimmt ihn gefangen. Dario folgt einer inneren Stimme, die ihn auffordert, immer tiefer in den Forst einzudringen. An einer Wegbiegung glänzt ein nagelneues Schild: ›Mithrasheiligtum‹. Soll er weitergehen oder doch zurück? Ein beklemmendes Gefühl macht sich in ihm breit. Zurück ins Leben, zurück in die Stadt? Oder doch dem geheimnisvollen Pfad folgen, der ihn immer weiter in die Vergangenheit führt, hinab in die alte

Geschichte des Halbergs, der schon immer ein mystischer Ort gewesen sei, wie sein Uni-Lehrer behauptete.

Dario kann nicht anders: Er geht weiter! Hinein in den Zauberwald.

2 – Die Grotte des Mithras

Dario kann nicht zurück! Beim Anblick des blauen Hinweisschildes mit der Aufschrift ›Mithrasheiligtum‹ steigen in ihm die Erinnerungen an seine Schulzeit auf. Sein Geschichtslehrer hatte ihnen von einem römischen Kastell am Ufer des Flusses Saar berichtet, und von Legionären, die dort die römische Staatsgrenze zu sichern hatten. Einen neuen Gott hätten diese Legionäre verehrt, den sie aus dem Orient mitgebracht hätten: Mithras. Das alles hat Dario bis heute im Gedächtnis behalten. Er ist sich sogar sicher, dass der lebendig gestaltete Unterricht seines Lehrers ihn dazu bewegt hat, Religionsgeschichte und Orientalistik zu studieren.

Und nun soll es hier ein Heiligtum dieses Gottes geben? Mitten im Wald? Wieso hatte er noch nie davon gehört? Wie von einem unsichtbaren Geist gelenkt, folgt Dario dem engen Pfad, der sich an einem steil abfallenden Felsen entlangschlängelt. Ein Handlauf aus Metall sichert den Wanderer vor einem Sturz in die Tiefe. Vorsichtig tastet sich Dario weiter über knorrige Wurzeln hinweg, die ihm das Gehen erschweren. Vom heftigen Frühjahrssturm herabgerissene Äste blockieren hier und da den Weg. Eine aus rötlichem Sandstein bestehende Stufe markiert das letzte Hindernis, bevor sich vor ihm ein etwa zwanzig Meter breites Areal eröffnet. Zwischen konischen Metallpollern hängen schwere Eisenketten, die jeden Eindringling bedrohlich den Weg vorzugeben scheinen, auf dem er zu wandeln hat. Die Bäume stehen hier noch dichter, so, als ob sie ihre Äste zu einem grünen Baldachin verwoben hätten. Dario lässt sich nicht davon abhalten, weiterzugehen, auch wenn ihn ein befremdliches Gefühl beschleicht. Er weiß nicht, was ihn stört, doch plötzlich wird es ihm klar: Das Singen der Vögel ist verstummt! Kein Laut ist mehr zu hören. Kein Lebewesen weit und breit! Dario bleibt stehen und lauscht in die Stille. Nichts, außer das leise Rauschen der Blätter über ihm, die keinem Sonnenstrahl Durchlass gewähren. Es ist kalt und zugig. Dario fröstelt. Langsam bewegt er sich vorwärts. Weit vor ihm fällt ein einziger Streifen Licht durch das dunkle Gezweig. Er hält darauf zu.

Das Lichtbündel fällt auf eine Felswand, die sich zu seiner Rechten haushoch erhebt. Seltsame Rechtecke sind in den Felsen geschlagen, denen Dario in diesem Moment keine Beachtung schenkt, denn vor ihm öffnet sich eine Lichtung. Ein mindestens zwei Meter hoher Metallzaun umsäumt im Halbrund eine dunkle Stelle, die sich in die Felswand schiebt. Zaghaft geht er auf die Absperrung zu. Schon von Weitem erkennt er auf dem Hinweisschild die Aufschrift ›Mithrasheiligtum‹. Seine Augen schweifen nach rechts. Eine Grotte bohrt sich in das Innere des Felsens, der seinerseits diese finstere Nische mit steinernen Armen zu umschlingen scheint. Dario überfliegt den Text auf der Hinweistafel: Mithrasgrotte, auch Heidenkapelle genannt. Eine der ältesten historischen Orte im Umkreis von Saarbrücken. Bewohner der römischen Siedlung legten in der natürlichen Höhle ein Heiligtum an, in dem sie Mithras, einen römischen Gott persischen Ursprungs verehrten.

Dario muss lachen:

Persischen Ursprungs bin auch ich, dank meiner Mutter!

Gebannt schaut er durch die Eisenstäbe des Gitters in das Innere der Höhle. Sechs dorische Säulen wurden in der Neuzeit nachträglich zur Markierung des Altarraums aufgestellt. Die Nachbildung eines Reliefs zeigt einen Mann mit einer phrygischen Mütze, einer orientalischen Kopfbedeckung mit einem längeren runden Zipfel, der in Richtung der Stirne fällt. Der Held dieser Szene ist der persische Gott Mithras. Er kniet auf einem Stier und rammt diesem einen Dolch in den Hals.

Sein Geschichtslehrer hatte ihnen von dem Kult dieser mystischen Religion berichtet. Das Blut der Opfertiere floss in ein Becken, dessen Vertiefung auch heute noch zwischen den Säulen zu sehen ist.

Abb. 2: Mithras tötet Stier

Ob es hier auch Menschenopfer gab? Dario läuft bei diesem Gedanken ein Schauer über den Rücken. Erst jetzt sieht er, dass es rechts von ihm eine Tür gibt: Der Eingang durch das Absperrgitter hinein in die Grotte! Dario packt die Neugier. Er rüttelt zunächst vorsichtig an der Tür, dann heftiger. Verschlossen! Noch einmal packt er die Gitterstäbe der Pforte und reißt sie mit aller Kraft nach hinten. Mit einem Schlag dreht sich die eingerostete Tür laut quietschend in ihren Angeln und gibt den Weg ins Innere der Höhle frei.

Dario bleibt im ersten Augenblick wie gelähmt stehen. Er schaut sich nach allen Seiten um. Er ist allein. Kein Mensch zu sehen! Er fasst sich ein Herz und betritt den inneren Kreis des Heiligtums. Seine Augen wandern über die vor ihm liegende Felswand. Links eine steinerne Treppe. Sie führt fünf Stufen hinauf und endet an der von Menschenhand geglätteten Felswand. Eine Treppe ins Nichts – seltsam! Noch einmal wendet er sich um. Grelles Licht fällt ihm mitten ins Gesicht, weshalb er seine Aufmerksamkeit wieder der mysteriösen Grotte zuwendet. Einen Atemzug lang erstrahlt die Opferstelle wie im künstlichen Licht einer Halogenlampe. Schon im nächsten Moment besprüht die Sonne die Höhlenwände mit goldgelben Farben, um danach das Relief des Mithras leuchten zu lassen.

Dario kann seinen Blick nicht mehr abwenden. Im Bild regt sich etwas. Nein, es muss das Flimmern der Sonnenstrahlen sein! Aber doch – es bewegt sich! Er traut seinen Augen kaum! Der Mann mit der Phryger-Mütze und dem Dolch in der Hand bewegt sich! Ein Tagtraum? Dario spürt, dass ihn von hinten kräftige Hände an den Schultern packen. Finger bohren sich in seinen Hals. Das ist keineswegs ein Traum! Noch ehe er sich versieht, wird er auf die Knie gezwungen, mitten auf der Opferstelle. Ist er verrückt geworden? Bildet er sich das nur ein? Doch Dario blickt in die entschlossenen Gesichter zweier römischer Legionäre. Beide in voller Rüstung mit Helmen auf den Köpfen, wie man sie aus Geschichtsbüchern kennt. Der Mann aus dem Relief schwebt auf ihn zu – in gleißendem Licht, den blutigen Dolch in der Rechten, einen Becher in seiner Linken haltend.

»Bibe!«, grollt eine dunkle Männerstimme aus dem Lichtkranz heraus, »bibe sanguinem sanctum!«

Seit seiner Schulzeit hat Dario kein Latein-Buch mehr in der Hand gehalten, doch so viel versteht er noch: Das unheimliche Wesen befiehlt ihm, das heilige Blut zu trinken. Er bäumt sich auf, wehrt sich mit aller Kraft, doch die beiden Schergen halten ihn mit eisernem Griff gepackt. Der Mann mit der Phryger-Mütze presst ihm den Becher an die Lippen, während die beiden Legionäre brutal seinen Kopf festhalten. Dario versucht, die Zähne zusammenzupressen. Vergeblich! Noch warm läuft das Stierblut über seine Zunge. Mund und Nase werden ihm zugehalten. Der Lebenssaft des Opfertieres rinnt in seine Kehle, brennt wie heißes Metall in seinem Hals! Ihm schwinden die Sinne.

3 – Licht des Blutes

Nur langsam kommt Dario wieder zu sich. Um ihn herum scheint alles verschwommen. Dunkelheit umfängt ihn. Er richtet sich auf, blickt um sich. Seine Augen benötigen eine Weile, um sich an die Finsternis zu gewöhnen. Hoch über ihm fällt durch eine halbrunde Öffnung ein wenig Licht. Von dort dringen dumpfe Stimmen, verkümmerte Laute, dahinfliegende Wortfetzen zu ihm herunter. Dicht neben ihm vernimmt er das Plätschern von Wasser. Nicht so laut wie bei einem dahinströmenden Fluss, sondern eher wie das Geräusch eines Wellenschlags am Gestade eines ruhenden Sees. Dario greift sich an den Kopf, schüttelt sich, reibt sich die Augen. Nein, es ist kein Traum! Wo ist er hier gelandet? Seine letzte Erinnerung ist die mysteriöse Grotte auf dem Saarbrücker Halberg, die beiden römischen Legionäre, der lichtdurchflutete Geist mit der Phryger-Mütze, der ihn zwang, Blut zu trinken. Jetzt sitzt er hier auf einem harten Steinboden. Dario erhebt sich. Es ist eiskalt. Ihn fröstelt. Kein Wunder, denn er ist nur spärlich bekleidet. Als er an sich herunterschaut, erkennt er, dass er ein fremdartiges Kleidungsstück trägt. Wo ist seine Jeans, sein T-Shirt abgeblieben? Er betastet den groben Wollstoff seines Gewandes, das ihm bis zu den Knien reicht. Es fühlt sich an wie ein Rock, der seine Beine frei lässt. Seine Füße stecken in Sandalen – das fühlt er deutlich an seinen nackten Zehen. Seine Uhr ... sie ist weg! Wie gewohnt greift er an seine Oberschenkel. Sein Gewand hat keine Taschen! Vergeblich sucht er nach seinem Handy. Dario bückt sich und tastet den Boden ab. Nichts, rein gar nichts aus seinem alten Leben!

Nun endlich haben sich seine Augen an die Dunkelheit gewöhnt. Er erkennt, dass er in einer riesigen Halle steht. Über ihm ein mächtiges Gewölbe, das sich wie ein steinerner Himmel über ihm spannt. Er selbst steht auf einem erhöhten Absatz, der Teil einer gigantischen Umfassungsmauer ist, die ein Bassin umschließt. Nur einen halben Meter unter ihm erstreckt sich eine Wasserfläche. Sein Auge schweift durch den Kuppelbau – überall Wasser! Jedes Geräusch seiner Bewegungen hallt wie ein Echo von den Wänden.

Abb. 3: Das Gewölbe

»Ist hier jemand?«, fragt er in die Finsternis der Kuppelhalle, die ihm seine Worte unbeantwortet in hunderten von Echos zurückwirft.

Dario ist allein. Er fühlt sich einsam und verlassen. Winzig wie ein Käfer kommt er sich vor, in diesem mit Wasser gefüllten Saal, den Riesen erbaut haben müssen. Seine Hand berührt die Wand hinter ihm. Glatt und feucht sind die aufeinandersitzenden Steinquader, die keine Fugen zu haben scheinen. Ein Gefängnis aus Stein, mit schroffen Wänden, gefüllt mit eiskaltem Wasser. Dario fühlt sich wie benommen. Er taucht seine Hände ins Wasser und benetzt sich das Gesicht. Auf seinen Lippen liegt noch immer der metallische Geschmack von getrocknetem Blut. Seine Kehle ist wie ausgetrocknet. Dario wirft alle Bedenken über Bord und schöpft eine Handvoll Wasser aus dem Bassin. Zu seiner Überraschung schmeckt es köstlich! Nicht nach Chlor, nicht nach Zusatzstoffen – einfaches frisches Wasser, wie aus einem Bergquell! Gierig beginnt er zu trinken. Das kühle Nass weckt seine Lebensgeister! Ist er in einem Albtraum gefangen oder ist es doch Realität? Doch alles um ihn herum ist so echt. Das ist kein Traum! Aber es muss einen Ausweg geben! Dario rafft sich auf. Er nimmt noch einen letzten Schluck Wasser, um sich den Mund auszuspülen.

Nun aber raus hier! Dario tastet sich an der Wand entlang. Vorsichtig, aber doch voller Zuversicht. Hier in der Dunkelheit verrecken will er nicht! Er muss nach oben – dorthin, wo das Licht durch den schmalen Schlitz fällt. Es dauert eine Ewigkeit bis er mit den Füßen an etwas stößt. Mit seinen Händen tastet er sich nach vorne: Vor ihm liegen Stufen. Es muss eine steinerne Treppe sein. Zunächst kriecht er auf allen vieren weiter nach oben. Doch schon bald bemerkt er, dass diese Stiege aus exakt behauenen Steinen besteht. Aufrecht gehend steigt er, Stufe für Stufe, nach oben, dem Tageslicht entgegen. In einer Ecke der Halle macht die

Treppe eine Wendung um neunzig Grad und führt das letzte Stück hinauf zu einem halbkreisförmigen Oberlicht, das viel größer ist, als es von unten den Anschein hatte. Trotzdem fällt nur ein spärlicher Schimmer durch die Öffnung. Dario geht in die Hocke und schaut hinaus auf einen ausgedehnten Platz, über dessen Steinpflasterung Hunderte von Menschen hin- und herlaufen. Dichtes Gedränge an Marktständen, vollbeladene Eselskarren queren eine breite Straße, die sich zwischen monumentalen Gebäuden verliert. Das Rufen und Schreien der Händler fliegt über die Köpfe der Vorbeieilenden, die seltsame Kleidung tragen. Wie Dario selbst, sind fast alle Männer mit rockartigen Gewändern bekleidet, deren Säume über den Knien enden. Frauen sind dagegen in elegant geschwungene Stolen gehüllt, die bis zu ihren Knöcheln herabhängen. Sie haben bunte Tücher zum Schutz vor der gleißenden Sonne um ihr Haar geschlungen. Die Männer tragen turbanartige Kopfbedeckungen. Die Hitze

strömt wie der Luftzug eines heißen Haar-
föhns durch den Spalt in das Innere des
Gewölberaums, in dem sich Dario noch
immer verborgen hält. Er wagt es nicht, sich
den fremden Menschen zu zeigen. Abwar-
tend beobachtet aus seinem sicheren Versteck heraus die Straßenszene.

Ein Hornsignal schreckt die Bürger der ihm
unbekannten Stadt auf. Hastig springen sie
zur Seite. Ein Straßenhändler zieht seinen
Karren fast bis vor das Guckloch, aus dem
Dario alles verfolgen kann. Erneut ein
kurzes Hornsignal, dann prescht eine Schar
von Reitern heran, alle in Uniformen, die
Dario aus Filmen mit römischen Legionären
kennt. Im Gleichschritt folgt eine Truppe
von achtzig Soldaten, gewappnet mit Schie-
nenpanzern und bis an die Zähne mit
Lanzen und Schwertern bewaffnet. Ihnen
voran schreitet ein Mann, der, im Gegensatz
zu den Nachfolgenden, einen Helm mit
querliegenden Federbusch trägt: der Centu-
rio der Einheit. Neben ihm der Standarten-
träger mit den an einem Stab befestigten

Abzeichen der Einheit. Die Nachhut der Formation bildet ein von Eseln gezogner Karren, der einen Aufbau aus Eisenstäben trägt. Zwei Männer mit langen Haaren, zerzausten Bärten und völlig verschmutzen Gewändern hocken in dem Käfig und starren mit ängstlichen Augen auf die johlende Menschenmenge, die ihnen folgt. Auf ein Zeichen ihres Anführers kommt der Zug zum Stehen. Ein Mann mit langem weißen Bart, der einen purpurfarbenen Umhang um die Schultern geschlungen hat und eine hohe Tiara auf dem Kopf trägt, tritt neben den Gefangenentransport und ergreift das Wort:

»Bürger von Sergiopolis, schaut sie euch an, die beiden Abtrünnigen! Soldaten waren sie, die bei ihrem Leben geschworen haben, das Grabmal des Heiligen Sergius gegen unsere Feinde, die Sassaniden, zu verteidigen. Doch anstatt ihre Christenpflicht zu erfüllen, wie es unser Kaiser Justinian von uns allen fordert, haben sie sich einem heidnischen Gott zugewandt. Sie sind dabei ertappt worden, wie sie Mithras, dem Gott des Lichts, gehuldigt haben. Wir alle wissen, dass es nur einen wahren Gott im Himmel gibt! Der Gott, der seinen Sohn Jesus Christus zu uns gesandt hat, um uns zu erlösen. Diese beiden hier behaupten allen Ernstes, dass ihr Lichtgott mächtiger sei als der Gott der Christenheit! Mithras würde schon bald den ›Bruder des Lichts‹ zu ihnen schicken. Dann wäre unsere Stadt dem Untergang geweiht. Ihr alle wisst, was nach kaiserlichem Edikt auf die Verehrung heidnischer Götzen steht!«

»Der Tod!«, skandiert die Meute wie aus einem Mund.

»So sei es!«, bestätigt der Weißbärtige mit lauter Stimme, »bringt sie zum Gefängnis und bereitet den Richtplatz vor. Schon morgen werden sie an der Pforte der Hölle anklopfen. Schafft mir diese Gottesleugner aus den Augen!«

Der Zug mit den unglückseligen Gefangenen setzt sich in Bewegung. Der Mob tanzt, die beiden Gefangenen verhöhnend, um den

Wagen herum, der langsam aus dem Sichtfeld von Dario verschwindet. Der erschaudert in seinem Versteck. Wohin ist er geraten? Eine Stadt, deren Bewohner gekleidet sind wie zur Römerzeit. Auch die antiken Hausfassaden erinnern eher an ein Freilichtmuseum. Und ihr Kaiser heißt Justinian – der aber regierte um das Jahr 500 nach Christus in Konstantinopel. Ist er – wie auch immer – in die Zeit eines spätrömischen Kaisers versetzt worden? Wie kann er diesem Schicksal entrinnen? Wie zurück in seine Zeit gelangen?

Während er grübelt, bemerkt Dario, dass an seinem Gürtel ein Lederbeutel hängt. In der Dunkelheit war ihm das gar nicht aufgefallen. Er öffnet das Behältnis und kramt ein Stück Pergament hervor. Vorsichtig entrollt er das Schriftstück, hält es ins Licht und beginnt zu lesen:

Das Licht des Blutes
Leuchtet ewig in deinen Adern!
Lass unsere Bruderschaft niemals sterben,
lass sie leben!
»Bibe Sanguinem Sanctum!«
Trink das heilige Blut des Lebens,
denn du bist der, der es vermag,
die Universen zu vereinen.
Und nur dein Fuß öffnet die Grotte
Und nur dein Atem
erweckt zum Leben
den eingeschlafenen Soldaten.
Wenn auch alle Universen
verschwunden sind,
du bist das Licht!
Du bist des Friedens neues Gesicht!
Halte den Krug hoch,
trinke auch den letzten Tropfen aus!
Hundert Jahre sind vergangen,
so lange war unser Schlaf
in diesem ohne Licht kalten Gemach.
Jetzt bist du da! Des Friedens Licht
leuchtet jetzt wieder aus deinem Gesicht.
Lass unsere Liebe dir zum Beweis geben,
unsere Ahnen mit deinem Licht wieder leben!
Und für alles, was einmal nach uns kommt,
der Leiter werden.
Mit der Wärme des Blutes
erlangst du die neue Kraft,
Universen zu vereinen.
Die Vergangenheit und die Zukunft
gehören jetzt alleine dir.
Du trägst das Friedenslicht
in deinem Gesicht.

Dario schüttelt ungläubig den Kopf. Was sollen diese Verse? Er überfliegt die Zeilen ein weiteres Mal.

Dario murmelt vor sich hin: »Licht des Blutes. Trink das heilige Blut des Lebens! Du trägst das Friedenslicht in deinem Gesicht.«

Ihm schießen die Worte der Lichtgestalt vor der Mithras-Grotte in Saarbrücken durch den Kopf, bevor man ihm diesen teuflischen Bluttrank einflößte.

»Wer weiß, wozu ich dieses Gedicht noch benötige?«, sagt er zu sich selbst, und steckt das Pergament wieder zurück in den Lederbeutel.

4 – Der Schlüsselmeister

Dario wartet in seinem Versteck ab, bis die Abendsonne sich senkt und sich der Schleier der Nacht langsam über der Stadt ausbreitet. Nachdem die Händler ihre Läden geschlossen haben, nimmt auch der Zulauf auf dem weitläufigen Platz stetig ab. In einem unbemerkten Moment zwängt sich Dario durch die halbkreisförmige Öffnung. Schnell macht er ein paar Schritte zur Seite und drückt sich in die Ecke eines Gebäudes. Von hier aus kann er zum ersten Mal seinen Blick über die vor ihm liegende Fläche schweifen lassen. Er ist überwältigt von den gigantischen Ausmaßen der Stadt.

Durch sein Guckloch konnte er bislang nur einen Ausschnitt der Umgebung wahrnehmen. Er steht am Rande eines Verkehrswegs, der breiter ist als die Einkaufsmeile seiner Heimatstadt Saarbrücken. Gebäude mit vorgelagerten Arkaden säumen den Verlauf der Straße, der man in der Moderne die

Bezeichnung ›Boulevard‹ verliehen hätte. Bänke aus Marmor laden unter Palmen zum Verweilen ein. Die schmalen Gassen, die rechts und links abzweigen, sind vollgestopft mit Menschen. Haben eben noch die Kaufleute mit ihren vielfältigen Waren das Straßenbild bestimmt, so übernehmen nun kleine Garküchen das Regiment.

Abb. 4: Römischer Laden

Dario wagt es nun, seinen Fuß auf die Straße zu setzen. Er folgt den Gerüchen der köstlich duftenden Speisen, die an jeder Ecke feilgeboten werden. Ihm knurrt der Magen, denn schließlich hat er seit dem

Frühstück nichts mehr zu sich genommen! An einem zweirädrigen Karren bleibt er stehen. Die Auslage bietet Äpfel und Weintrauben, gefüllte Teigtaschen, wurstförmige Brätlinge und vieles mehr. Dario läuft das Wasser im Munde zusammen. Zu Hause liegen Esswaren im Überfluss im Kühlschrank – hier würde er einen Apfel mit Gold aufwiegen, wenn er denn welches hätte. Sein Magen meldet sich mit entsetzlichen Tönen.

»Du hast wohl Hunger, Fremdling!«, hört er hinter sich eine sanfte Frauenstimme sagen, »dein Magen knurrt wie der eines hungrigen Wolfes! Hast du keine Drachme in deinem Beutel, um dir etwas zu kaufen?«

Unwillkürlich greift Dario an das Lederetui an seinem Gürtel. Dann wendet er sich um und schaut in die dunklen Augen einer Frau, die einen blauen Schleier über ihr Haupt gelegt hat. Ihr fragender Blick bohrt sich wie ein Flammenschwert in seine Augen. Dario beginnt zu stammeln:

»Nein. Habe keine Drachme zur Hand.«

Die Schöne schiebt sich an zwei vornehmen Damen in seltsamen Gewändern vorbei und redet mit dem Händler in einer merkwürdig klingenden Sprache. Dario versteht kein Wort.

Abb. 5: Die vornehmen Damen

Der Verkäufer reicht der Frau zwei Teigtaschen und einen Apfel, sie zahlt mit kupferfarbenen Münzen. Ohne ein Wort zu sagen, steckt sie Dario einen warmen Teigfladen zu und zieht ihn am Arm fort von dem Stand. »Iss! Und dann sagst du mir, woher du kommst und was du hier in solch turbulenten Zeiten am Rande der Wüste zu suchen hast.«

Mit Heißhunger beißt Dario in die Backware, die mit gewürztem Fleisch gefüllt ist. Der Geschmack erinnert in an das, was er einmal während eines Urlaubs in der Türkei gegessen hatte. Einfach köstlich – vor allem, wenn man so hungrig ist wie er!

Die junge Frau nimmt auf einer der Marmorbänke Platz und bedeutet ihm, sich neben sie zu setzen.

»Du bist ja richtig ausgehungert!«, lacht sie ihn an, als sie ihm die zweite Teigtasche überreicht, »du hast wohl schon seit Tagen nichts mehr zu essen bekommen, was?«

Dario nickt und schlingt das Essen in sich hinein.

»Gesprächig bist du nicht«, stellt sie fest, »aber du verstehst, was ich sage.«

Dario nickt erneut, wundert sich aber selbst, dass er die lateinische Sprache so gut beherrscht. Er antwortet mit vollem Mund:

»Nur das, was du mit dem Händler geredet hast, habe ich nicht verstanden. Welche Sprache war das?«

»Aramäisch«, antwortet sie kurz, »die Sprache, die wir Einheimischen unter uns verwenden. Die Römer, die dieses Gebiet besetzt haben, wollen nicht, dass wir uns in unserer Muttersprache unterhalten. Die Besatzer drohen uns mit drastischen Strafen, aber ihre Macht wankt. Die Zeiten ändern sich. Die Tage der römischen Vorherrschaft sind gezählt!«

Dario schaut ihr überrascht in die Augen, die bei ihren Worten strahlen wie die Sonne:

»Fürchtest du nicht, dass ich ein römischer Spion sein könnte?«

Sie lächelt geheimnisvoll:

»Nein, du bist kein schlechter Mensch – und schon gar kein Verräter! Das sieht man dir an. Hilflos bist du. Du treibst in dieser Wüstenstadt wie ein Stück Holz auf offenem Meer. Du brauchst Hilfe, denn du bist vollkommen fremd hier – dass habe ich

sogleich erkannt, als du dich an der Haus-
ecke herumgedrückt hast.«

»Du hast mich heimlich beobachtet?«, will
Dario wissen.

»Dich beobachtet? Nein! Du hast dich so
auffällig benommen, dass jedem kaiserlichen
Spitzel über kurz oder lang dein seltsames
Verhalten aufgefallen wäre. Du hattest nur
Glück, dass ich dich zuerst entdeckt habe.
Ohne mich wärst du mit Sicherheit schon
bald im Kerker gelandet. So, wie zwei
meiner Freunde, die man heute eingesperrt
hat.«

»Wer sind die beiden? Ich habe sie auf dem
Gefängniswagen in erbärmlichem Zustand
gesehen. Was haben sie verbrochen?«

Die junge Frau zieht ihn näher zu sich und
flüstert:

»Verbrochen? Gar nichts! Beide sind römische Legionäre, die schon lange hier in
meiner Heimatstadt Sergiopolis stationiert
sind. Die Einheiten sollen den östlichen
Grenzwall vor Übergriffen der feindlichen
Sassaniden sichern. Viele dieser Soldaten

sind des Kämpfens müde und würden sich am liebsten hier zur Ruhe setzen. Sie haben sich an das Leben in der Provinz Syria gewöhnt. Einige haben sogar den Glauben meiner Ahnen angenommen. So wie ich auch, verehren diese beiden Mithras, den Herrn des Lichts. Aber Kaiser Justinian hat uns verboten, diese Religion auszuüben. Er ließ sämtliche Tempel schließen und verfolgt jeden, der sich nicht zum Christentum bekennt.«

Dario schluckt den letzten Bissen hinunter: »Ich bin also in Sergiopolis gelandet. Wie heißt du eigentlich? Ich heiße Dario.«

Die junge Frau streicht ihr Haar aus der Stirn und antwortet: »Celeste werde ich gerufen. Das bedeutet so viel wie ›Die Himmlische‹.«

»Der Name passt zu dir, Celeste. Dich hat der Himmel geschickt!«

Die junge Frau errötet und blickt unter sich. Dabei fällt ihr Augenmerk auf einen Ring, den Dario an der rechten Hand trägt.

»Woher hast du diesen Ring, Dario?«

Celestes Stimme klingt nun sehr bestimmt und fordernd. Dario betrachtet den Fingerreif an seiner Hand:

»Celeste, ich schwöre dir: Ich habe keine Ahnung, wie ich hierher gekommen bin, noch weiß ich, wer mir den Ring an den Finger gesteckt hat!«

Er zieht das Schmuckstück, das von einer Gemme bekrönt wird, vom Finger. Beide betrachten den Ring aus der Nähe: Den Silberreif ziert ein grünlich schimmernder Stein, in den die Figur des Stiertöters Mithras eingraviert ist.

»Möchtest du ihn haben?«, fragt Dario und streckt dem Mädchen den Ring entgegen. Sie schreckt entsetzt zurück und wehrt entschieden ab:

»Nur Auserwählte dürfen einen solchen Ring tragen!«, zischt Celeste, »steck ihn weg! Wenn die Häscher des Bischofs dich damit erwischen, bist du des Todes!«

Dario umschließt den Ring sofort mit seiner Faust.

»Was hat es auf sich mit dem Ring? Ich bin doch kein Auserwählter!«, widerspricht er vehement.

»Lass uns gehen!«, fordert Celeste ihn auf, »ich bringe dich zu jemandem, der mehr darüber weiß als ich. Uns Frauen ist der Zugang zum heiligen Zirkel leider verwehrt!«

»Heiliger Zirkel? Von was redest du da, Celeste?«

Ohne zu antworten, nimmt sie Dario bei der Hand und zieht ihn mit sich die breite Prachtstraße hinunter. Sie steuern auf einen monumentalen Torbau zu, der drei riesige Eingänge aufweist. Die Hauptpforte in der Mitte des Gebäudes ist so hoch, dass ein moderner Reisebus hindurchpassen würde. Bewaffnete Torwächter kontrollieren jeden, der einen der Durchgänge passieren möchte.

»Verhalte dich ganz ruhig!«, raunt ihm Celeste zu, »die Wachen am Nordtor dürfen keinen Verdacht schöpfen!«

Sie halten direkt auf das Portal zu. Celeste grüßt den Hauptmann freundlich, schlägt mit einer flüchtigen Bewegung ihr Schleiertuch zurück. Ihre schwarzen Locken fallen bis auf ihre Schultern. Mit vielverheißendem Augenaufschlag schwebt die junge Frau an ihm vorüber. Der Offizier schmunzelt süffisant. Seine Augen haften an Celestes graziler Erscheinung. Sie dreht sich noch einmal kurz um und wirft ihm ein Lächeln zu, das ihn vollkommen in den Bann schlägt.

Abb. 6: Nordtor von Resafa / Sergiopolis

Dario, den Mann neben der Schönheit, nimmt er nicht mehr wahr, denn er hat nur noch Augen für die attraktive Celeste. Erst als ein Wachsoldat mit barscher Stimme einen Händler anweist, stehenzubleiben, wendet sich der Hauptmann ab, um nach dem Rechten zusehen.

»Jetzt schnell! Hier herüber!«

Celeste zieht Dario in einen Hauseingang und pocht drei Mal kurz, nach einer Pause noch zwei Mal sehr kräftig an die hölzerne Tür. Ein kleines, viereckiges Fenster öffnet sich, aus dem ein Auge lugt. Eine krächzende Stimme hinter der Tür fragt:

»Wer begehrt Einlass?«

»Das Licht des Blutes,« antwortet Celeste.

Knarrend öffnet sich die Pforte. Ein Greis mit gebeugtem Rücken winkt sie herein. Bevor er die Türe schließt, schaut er sich noch einmal draußen um, ob ihnen auch niemand gefolgt ist. Dann verriegelt er die Tür wieder sorgfältig mit einem eisernen Schlüssel, den er anschließend an seinen Gürtel hängt. Sechs überlange, hakenförmige Schlüssel aus purem Gold hängen dort herab (s. Abb. 21) und schlagen bei jeder seiner Bewegungen klirrend aneinander.

»Was ist euer Begehr?«, krakelt er und mustert Dario von oben bis unten.

40

Celeste schubst diesen mit dem Ellenbogen:

»Zeig ihm den Ring!«

Der Angesprochene öffnet seine Faust und hält dem Alten den Fingerreif unter die Nase. Der schreckt im gleichen Augenblick zurück, hebt seine Hände vor sein Gesicht und schreit:

»Wie kommst du in den Besitz des heiligen Rings?«

Dario zuckt mit den Schultern:

»Das ist eine lange Geschichte, guter Mann.«

Dario beginnt zu erzählen, was sich seit dem Morgen zugetragen hat. Während Celeste voller Erstaunen seinen Worten folgt, nickt der Alte immer wieder nur ein wenig, zeigt aber keinerlei Überraschung.

Nachdem Dario geendet hat, springt der Alte auf, packt Celeste bei den Schultern und fragt:

»Weib, ich hoffe, du hast den Ring nicht berührt oder gar an deinen Finger gesteckt!«

Die Angesprochene schüttelt den Kopf.

»Dein Glück!«, krächzt der Greis, »sonst wäre seine Kraft verloren! Nur ein Auserwählter des Lichts darf ihn tragen!«

Dario platzt der Kragen:

»Kann mir endlich jemand sagen, was das alles soll? Wo bin ich hier, und was hat es mit diesem Ring des Lichts auf sich?«

Der Alte runzelt die Stirn:

»Du begibst dich jetzt nach Hause, Celeste. Finde dich erst dann wieder ein, wenn ich nach dir rufe! Und kein Wort zu irgendjemandem – hast du verstanden?«

Die junge Frau antwortet mit zu Boden geschlagenen Augen:

»Ja, Schlüsselmeister, ich werde warten, bis du mich zu dir bittest.«

Eingeschüchtert wirft sie Dario noch einen grüßenden Blick zu. Ihr Herz beginnt beim Anblick des Jünglings zu rasen. Bevor sie durch die Tür auf die Straße schlüpft, versichert sie sich, dass sie nicht beobachtet wird. Ohne Aufsehen zu erregen, verlässt sie das Haus.

Nachdem der Alte die Pforte wieder abgeschlossen hat, verrammelt er sie zusätzlich mit zwei Querhölzern.

»Wir müssen auf der Hut sein!«, krächzt er, »die kaiserlichen Spitzel sind uns auf den Fersen. Erst gestern haben sie zwei von uns in ihre Gewalt gebracht. Es gilt, die Anhänger des Lichts vor Verfolgung zu schützen. Folge mir, Dario!«

Der Schlüsselmeister greift eine Öllampe von einem Tischchen und schlurft einen schmalen Gang hinunter. Dario schlägt das Herz bis zum Hals. In was ist er hier bloß hineingeraten?

5 – Die Himmlische

Die Sonne wirft ihre letzten Strahlen mit glutrotem Schimmer in die schmale Gasse. Celeste wird geblendet und hält die Hand schützend vor die Augen. Es ist höchste Zeit! Bei Sonnenuntergang werden die Stadttore geschlossen. Anständige Frauen sollen sich dann – nach Ansicht der Stadtoberen – nicht mehr auf der Straße aufhalten! Es sei ein Verbrechen, wenn sich eine Frau oder ein Mädchen nach Einbruch der Nacht ohne Begleitung auf der Straße aufhalten würde. Solche Weiber gelten in ihren Augen als besonders unehrenhaft und sind deshalb Freiwild für lüsterne Männer!

Es ist noch weit zu Celestes bescheidenem Heim! Sie wohnt mit ihren sechs Geschwistern in einer halbverfallenen Hütte in der verwahrlosten Unterstadt, nahe am Osttor. Auf dem Weg dorthin, muss sie erneut an den Wachen des Nordtores vorbei. Und die Sonne senkt sich am östlichsten Rand des

Römischen Reiches sehr rasch! Soldaten sind oft die Unverschämtesten, haben sie doch kaum mit Strafe zu rechnen, wenn sie eine Frau bedrängen.

»Hoffentlich hat der aufdringliche Hauptmann keinen Dienst! Mithras, steh mir bei!«, fleht Celeste insgeheim.

Aufgrund ihrer außerordentlichen Schönheit ist sie es gewohnt, von Männern angesprochen, ja sogar belästigt zu werden. Sie weiß sich zwar zu wehren, weicht aber lieber unerfreulichen Begegnungen aus, indem sie Besorgungsgänge möglichst nicht alleine unternimmt. Seit dem Tod ihrer Eltern muss sie als die Älteste ihre jüngeren Geschwister versorgen. Also bleibt ihr keine andere Wahl: Sie muss täglich das Haus – zuweilen auch ohne Begleitung – verlassen, um sich von früh bis spät für einen Hungerlohn als Dienstmagd zu verdingen. Doch heute ist ihr dieser seltsame junge Mann über den Weg gelaufen, um den sie sich gekümmert hat. Nur deshalb ist sie jetzt noch zu so später Stunde unterwegs! Noch einmal schaut sie sich nach allen Seiten um. Alles scheint friedlich. Celeste schiebt das blaue Kopftuch über ihre wilde Löwenmähne. Der Abendwind bläst ihr ins Gesicht und lässt ein Meer schwarz glänzender Locken in ihre dunkelbraunen Rehaugen wehen, die im Dunkeln seltsamerweise leuchten wie die Augen einer Katze. Celeste vereinigt Unschuld und Schönheit. Ein Blick genügt, um ihr ganz und gar zu verfallen! Im Vergleich zu anderen Mädchen ihres Alters, ist sie hochgewachsen und mit weiblichen Rundungen großzügig ausgestattet. Jede ihrer Bewegungen, ihre Anmut, gereichten einer Königin zum Ruhm. Wenn man es in ihren Kreisen nicht besser wüsste, könnte man königliches Blut in ihren Adern vermuten! Doch sie fristet ihr kärgliches Leben, gemeinsam mit ihren Geschwistern, im Armenviertel der Stadt. Einundzwanzig Jahre ist sie nun, doch in gewissen Stunden spürt Celeste tief in ihrem Inneren eine seltsame Regung, die sie nicht deuten kann. Sie fühlt sich dann älter, viele hundert Jahre alt!

Es ist dann so, als ob sich in ihr eine uralte Seele regt, die nach ihr ruft. Gerade in letzter Zeit wird dieses Rufen stärker, vor allem nachts in ihren Träumen – oder war es doch die Wirklichkeit? Gerade eben, als sie den fremden jungen Mann bei den Zisternen getroffen hatte, da rief es wieder in ihrem Inneren. Lauter als je zuvor!

»Hilf ihm!«, befahl die innere Stimme, »hilf ihm, denn er ist der Auserwählte!«

Und so opferte sie ihre letzte Drachme, um dem Fremden ein Stück Brot zu kaufen. Das letzte Geld, das eigentlich für ihre Geschwister bestimmt war!

Beim Gedanken an den jungen Mann wird Celeste zunehmend unruhiger. Sie kann sich nicht erklären, warum sie den Unbekannten auf der Straße angesprochen hat. Gemäß ihrer Erziehung war dies eigentlich strengstens verpönt, doch sie handelte wie unter Zwang. Sie musste ihm helfen!

Das Schnauben eines Pferdes reißt sie aus ihren Gedanken. Sie ist am Nordtor angelangt. Nun heißt es vorsichtig sein – nur

kein Aufsehen erregen! Mit ein paar Hand-
griffen verbirgt sie ihre auffällige Locken-
pracht unter ihrem Kopftuch, beugt sich ein
wenig nach vorne, um ihre stolze Erscheinung nicht zu offenbaren. Mit abgewen-
detem Blick versucht sie, im Schatten der
Häuser an den Wachen vorbeizuhuschen.
Aus den Augenwinkeln sieht sie einen Mann
am Boden liegen. Es ist der Hauptmann, der
ihr schon so oft nachgestellt hat. Sein Kopf
ruht auf dem Sattel seines Pferdes, den
Helm hat er neben sich abgelegt. Sein leises
Schnarchen dringt zu ihr herüber. Zum
Glück sind die Wachsoldaten gerade damit
beschäftigt, das Stadttor zu schließen. Alle
verfügbaren Männer werden dazu benötigt,
um die drei Eingänge zu verriegeln. Tägliche
Routinearbeit, die der Hauptmann wie
üblich seinen Untergebenen überlässt.
Celeste nutzt die Gelegenheit und schleicht
sich auf Zehenspitzen an dem Schlafenden
vorbei. Als sie es fast geschafft hat, schnaubt
das Pferd erneut. Der Ruhende schreckt
kurz auf, hebt den Kopf. Celeste bleibt wie

angewurzelt stehen. Ihr Puls rast: Wenn er sie jetzt bemerkt, ist sie seine Beute, denn die Nacht hat bereits ihre dunklen Schwingen über die Stadt gelegt! Der Hauptmann gähnt aber nur noch einmal laut, dreht sich um und schläft weiter. Celeste atmet tief durch und macht sich davon. Kaum ist sie außer Sichtweite, rennt sie los, wie ein gehetztes Reh die Gasse hinunter in Richtung der Unterstadt. Hier, unter den Ärmsten der Armen, fühlt sie sich zu Hause. Hier ist sie in Sicherheit, weil ein jeder sie kennt und respektiert.

Sie eilt entlang der Stadtmauer in Richtung ihres Hauses, als sie ein kleiner Junge an der Hand nimmt:

»Celeste, gut, dass du da bist! Meine Mutter schickt mich. Sie braucht dringend deine Hilfe.«

Der Kleine zerrt sie in Richtung eines Häuschens, dessen Dach mit Stroh bedeckt ist. Celeste muss sich bücken, als sie durch die niedrige Tür ins Innere tritt.

»Endlich kommst du, Tochter der Heilerin!«, ruft eine ausgezehrte Frau, deren Alter nur schwer zu schätzen ist, »mein Söhnchen hat sich verletzt. Er hat hohes Fieber. Wäre doch nur noch deine Mutter am Leben! Sie war eine wahre Wunderheilerin. Schau dir bitte seine Wunde an. Kannst du ihm helfen, Celeste?«

»Ich werde sehen, was ich tun kann,« gibt sie zur Antwort, »doch bin ich keine Wunderheilerin wie meine Mutter. Sie hatte eine ganz besondere Gabe.«

Im Stillen denkt sie zurück an ihre Mutter. Die hätte den Jungen, wie so viele hier in der Unterstadt, mit ihren Heilkünsten beglückt. Den Umgang mit Heilkräutern hat Mutter ihr beigebracht, weshalb auch Celeste im Viertel als Heilerin gilt. Doch Mutter konnte noch sehr viel mehr: Sie vollbrachte wahre Wunder an ihren Patienten, weshalb man ihr großen Respekt zollte. Nach ihrem Tod erwartet man die gleichen Fähigkeiten nun von Celeste. Eine ganz besondere Gabe hat Mutter ihr in die Wiege gelegt – da ist sie sich sicher. Aber sie hat bislang mit noch keiner Menschenseele darüber gesprochen. Zu sehr fürchtet sie, als Hexe vor die Tore der Stadt verbannt zu werden. Zum ersten Mal war Celeste diese ungewöhnliche Fähigkeit aufgefallen, als sich einer ihrer Brüder verletzte. Er blutete stark auf dem Handrücken. Während ihre Mutter die Heilkräuter zu einer Paste stampfte, kümmerte sich Celeste um ihren vor Schmerzen schreienden Bruder. Der jämmerliche Anblick des Kindes machte Celeste damals untröstlich. Tränen rannen ihre Wangen herab und tropften auf die offene Wunde ihres Bruders. Als Mutter die Heilkräuter auflegen wollte, fand sie zu ihrer Verwunderung die Wunde verschlossen und die Blutung gestoppt. Niemand ahnte, dass es Celestes Tränen waren, die ihn geheilt hatten. Sie selbst war darüber so erschrocken, dass sie dieses Geheimnis für sich behielt. Seit dieser Zeit ist Celestes Lebenskraft schier unerschöpflich. Niemals wird sie müde, anderen zu helfen.

Es war eine schöne Zeit – damals im Haus ihrer Eltern. Als Vater noch lebte, sagte er immer:

»Du gleichst deiner Mutter wie ein Ei dem anderen! Zwillinge könntet ihr sein – beide von unvergleichlicher Schönheit! So schön wie du und deine Mutter ist keine andere Frau weit und breit! Euer Teint gleicht elfenbeinfarbigem Marmor, eure Wangen leuchten wie rosafarbene Seen!«

Doch das Familienglück währte nicht lange: Vater wurde als Mitglied einer religiösen Sekte verhaftet und zum Tode verurteilt, weil er sich weigerte, seinem Herrn Mithras abzuschwören. Aus Gram über den Verlust ihres Gemahls, verstarb kurze Zeit danach auch Celestes Mutter. Auf dem Totenbett hatte sie ihrer Tochter zugeflüstert:

»Sieben Kinder habe ich geboren. Versprich mir, dass du als die Älteste deine Geschwister versorgst!«

Celeste hätte ihrer Mutter am Totenbett alles versprochen! Die Sterbende raunte mit ihrem letzten Atemzug:

»Celeste, du bist wie ich kein irdisches Wesen. Sammle deine Tränen um meinen Tod! Verwahre sie wie einen Schatz! Schon bald wirst du erkennen, wozu du sie brauchst. Der Schlüsselmeister kennt das Geheimnis ...«

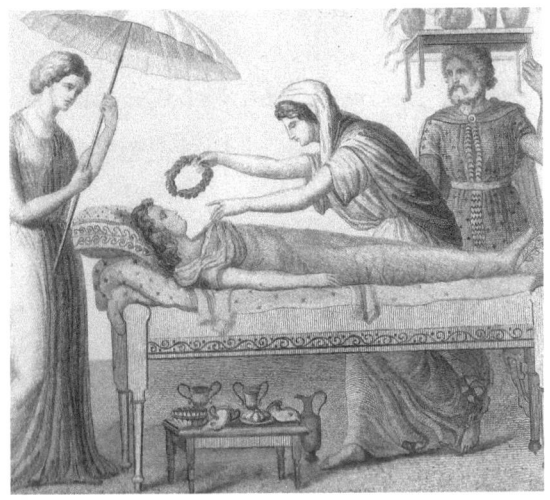

Abb. 7: Der Tod der Mutter

Nach diesen rätselhaften Worten hauchte sie ihr Leben aus. Celeste blieb ratlos zurück und übernahm die schwere Bürde, sich um ihre sechs Geschwister zu kümmern.

Nach alter Tradition vollzog Celeste als Älteste das Totenritual, setzte ihrer Mutter einen Lorbeerkranz aufs Haupt und wachte bis zur Beerdigung an ihrem Bett. Bitterliche Tränen vergoss sie dort, die sie — gemäß der Bitte der Verblichenen — heimlich in einem Fläschchen auffing, dessen Öffnung sie mit Wachs verschloss. Noch heute verwahrt sie das kleine Gefäß, gefüllt mit den Tränen, die sie am Totenbett ihrer Mutter vergossen hat.

»Heilerin«, ertönt hinter Celeste eine verzweifelte Stimme, »träumst du? Bitte hilf meinem verletzten Söhnchen.«

Die besorgte Mutter des Kindes führt sie in eine winzige Kammer. Auf Stroh gebettet liegt der Junge auf dem Boden, die fiebrigen Augen weit aufgerissen.

»Ist er schon tot?«, will die Verzweifelte wissen.

»Nein!«, antwortet Celeste, »es ist noch Leben in ihm. Schnell, bring mir Wasser! Die Wunde hat sich entzündet.«

»Hilf ihm, Heilerin! Ich gebe dir alles, was ich habe,« beschwört sie die Mutter, bevor sie in der Küche verschwindet, um Wasser zu holen.

Celeste betrachtet die Wunde. Das Fleisch rund um die Verletzung ist bereits schwarz verfärbt. Der Anblick des Kindes rührt Celeste zu Tränen, die ihre Wangen herunterfließen. Schnell hält sie ihren Kopf über die Wunde. Die Tränen tropfen auf die verletzte Stelle. Als die Mutter des Jungen mit einem Krug voll heißen Wassers zurückkehrt, ist die Wunde bereits verheilt und das Fieber abgeklungen.

»Ein Wunder!«, jubelt die Nachbarin, »du hast meinen Kleinen vom Tode errettet. Sag, was du haben möchtest – wenn es sein muss, gebe ich dir mein Leben.«

Celeste lächelt: »Lass gut sein! Gib mir nur eine Handvoll Zwiebeln, damit ich meinen Geschwistern eine Suppe zubereiten kann.«

»Eine Handvoll Zwiebeln – mehr nicht?«, fragt die Nachbarin erstaunt.

Celeste nickt: »Zwiebeln genügen vollkommen als Bezahlung für meine Dienste.«

Die Nachbarin dankt der Heilerin von ganzem Herzen. Nachdem sie das Gemüse in einen Korb gelegt hat, macht sich Celeste auf den Nachhauseweg.

Auf der Straße grübelt sie über ihre besondere Gabe nach, deren Herkunft sie sich nicht erklären kann. Folgt sie dem Ruf ihrer Mutter, die von den Bewohnern der Unterstadt als Wunderheilerin verehrt wurde? Zwar ist es Celestes Herzenswunsch, den einfachen Menschen zur Seite zu stehen, doch sie zweifelt an ihren Heilkünsten. Nur langsam wächst in ihr die Erkenntnis, dass ganz besondere Fähigkeiten in ihr schlummern: Immer, wenn sie aufgrund ihres schweren Lebens oder aus Mitleid Tränen über ihre Wangen fließen, scheint sie noch ein Stück schöner und jünger zu werden. Auch dieses Geheimnis behält sie für sich. Als Zauberin oder gar als Hexe möchte sie keineswegs unter ihresgleichen gelten!

6 – Die sieben Stufen

Im Schein der flackernden Öllampe wirft die gebeugte Gestalt des alten Mannes spukhafte Schatten an die Wände des engen Flurs. Dario folgt ihm dicht auf den Fersen. Die Wände sind kahl und schmucklos. Der Schlüsselmeister biegt vor ihm nach rechts ab, um sich gleich darauf wieder nach links zu bewegen. Sie passieren Flur auf Flur und durchwandern zahlreiche kleine Vorräume. Der Gang wird immer enger und niedriger. Der hochgewachsene Dario muss seinen Kopf einziehen und folgt nun in gebückter Haltung dem vorauseilenden Greis. Dario hat inzwischen vollkommen die Orientierung verloren. Noch einmal biegt der Schlüsselmeister in dieser labyrinthartigen Unterwelt ab, bis sie plötzlich vor einer massiven Tür stehen. Diese ist kaum einen Meter fünfzig hoch und vielleicht einen Meter breit. Eher ein Durchlass als eine Tür. Im spärlichen Licht erkennt Dario, dass das

Törchen mit drei Bronzebändern verziert ist. Das obere Drittel der Tür nimmt eine große Bronzeplatte ein, darunter sind zwei schmalere Metallbänder angebracht. Der Greis macht einen Schritt zur Seite und winkt Dario heran. Er hält die Lampe dicht vor die obere Metallplatte. Erst jetzt erkennt Dario, dass diese mit einem Relief verziert ist, das eine Szene mit zahlreichen Figuren zeigt: Ein Mann, eher ein Jüngling, der auf dem Kopf eine Phryger-Mütze trägt, kniet auf einem zusammengebrochenen Stier. Mit seiner Linken packt er diesen am Horn, während er ihm gleichzeitig mit der Rechten ein kurzes Schwert in den Hals rammt. Ein Hund, ein Skorpion und eine Schlange greifen den Stier von der Seite an.

Der Greis zieht seinen Begleiter näher zu sich heran. Dario geht auf die Knie. Der Schlüsselmeister räuspert sich und beginnt zu krakeelen:

»Es ist nun an dir, die sieben Stufen der Erkenntnis zu erlangen, indem du sieben Tore durchschreitest. Hinter jedem Zugang

58

erwartet dich eine besondere Aufgabe, die du bewältigen musst. Du stehst nun vor dem ersten Tor der sieben Stufen. Höre mir nun aufmerksam zu! Präge dir die Bilder und die zugehörigen Sprüche ein!«

Er führt die Lampe zum unteren Metallband, das in drei gleichgroße Teile gegliedert ist.

»Rechts siehst du ›Corax‹, den Raben. Der himmlische Bote des Lichts. Unter seinem Bild steht: *Ehre den Raben unter dem Schutz des Merkur!*«

Dario betrachtet das erhabene Relief des Vogels, das sich deutlich vom flachen Untergrund abhebt.

»In der Mitte: ›Nymphus‹, der Bräutigam, der im Inneren des Heiligtums leben darf. Sein Spruch lautet: *Ehre den Bräutigam unter dem Schutz der Venus!*«

Ein bärtiger Mann in langem Gewand scheint den Betrachter der Bronzetafel anzulächeln. Dario staunt über die Kunstfähigkeit, die sich in diesem kleinen Meisterwerk widerspiegelt.

Der Alte zeigt auf die linke Seite des reliefierten Bandes.

»Hier siehst du ›Miles‹, den Soldaten. Er ist der Verteidiger der Weisheit. Dort steht geschrieben: *Ehre den Soldaten unter dem Schutz des Mars!*«

Der Alte hebt die Lampe etwas höher und beleuchtet den darüberliegenden Fries.

»Hier ganz rechts erscheint ›Leo‹, der Löwe — Hüter der aufsteigenden Seele. Die Schriftzeichen besagen: *Ehre den Löwen unter dem Schutz des Jupiter!*«

Dario folgt mit den Augen dem Licht der Ölfunzel.

»In der Mitte steht ›Perses‹, als Symbol des Volkes, das die Seele trägt. Ihm ist folgender Spruch zugetan: *Ehre den Persern unter dem Schutz der Luna!*«

Er hält die Leuchte an das nächste Bild:

»Links daneben erkennst du ›Heliodromus‹, den Sonnenläufer, der Unbesiegbare des göttlichen Lichts. Hier steht: *Ehre den Sonnenläufern unter dem Schutz der Sonne!* Diese letzten drei bilden das wichtigste

Fundament für den Herrn des Lichts – Gott Mithras.«

Nun hebt der Greis die Leuchte mit ausgestrecktem Arm in die Höhe, damit möglichst viel Licht auf die oberste Metallplatte fällt. Ein Lufthauch lässt die Flamme der Öllampe aufflackern. Über den auf dem Stier knienden Mann huscht ein Schatten, der ihn zu beleben scheint. Dario glaubt, das Schreien des Opferstiers zu vernehmen, den Hund bellen und die Schlange zischen zu hören. Der zum Angriff erhobene Schwanz des Skorpions sticht ihm in die Augen.

»Hier siehst du den Vater des Lichts, den wir ehrfurchtsvoll ›Pater‹ nennen«, erläutert der Greis, »seine Weihinschrift lautet: *Ehre den Vätern vom Osten zum Westen unter dem Schutz des Saturn!*«. Der Pater hat die höchste Stufe erklommen, indem er die sieben Wandelgestirne zur Urseele vereinte. Nur ein Auserwählter kann diese sieben Stufen überwinden, um schließlich selbst als ›Bruder des Lichts‹ zu Mithras, unserem

Herrn, aufzusteigen. Der Auserwählte wird das ›Ewige Licht der Weisheit‹ zu den Menschen tragen. Er wird die Menschheit erleuchten und ihnen den rechten Weg weisen. Der Pater geleitet uns auf den Weg des Friedens.«

Der Alte mustert Dario noch einmal von oben bis unten:

»Hast du dir alle Bilder und die zugehörigen Inschriften gemerkt? Es ist wichtig, denn dein Leben hängt davon ab!«

Dario muss es sich nicht merken, er hat die Bilder bereits mitsamt den Schriftzeichen in sein fotografisches Gedächtnis eingebrannt.

Dario starrt noch einen Moment lang auf das Relief mit dem Stiertöter, bevor er sich verwundert an den Alten wendet:

»Schlüsselmeister, ich respektiere euren Glauben an den Lichtbringer, an den Auserwählten. Es ist eine schöne Geschichte – aber was habe ich damit zu schaffen?«

Der Greis fixiert ihn mit ernstem Blick:

»Du, mein Sohn, trägst den Ring des Auserwählten.«

Mit seinen knochigen Fingern packt der
Schlüsselmeister Dario an der rechten Hand
und hält diese in den Schein der Lampe.
Die Gemme mit Mithras, dem Stiertöter,
funkelt grünlich.

»Du erscheinst hier mit dem ›Ring des
Lichts‹ an deinem Finger. Dies weist dich als
den Auserwählten aus. Der ›Pater‹, unser
aller Herr, hat dich auserkoren, die sieben
Stufen zu erklimmen. Deshalb stehst du hier
vor dieser Tür. Solltest du diese Aufgabe, die
dahinter liegt, nicht bewältigen, so sind wir
alle dem Untergang geweiht! Doch bevor du
dich diesen Aufgaben stellst, musst du eine
letzte Prüfung ablegen, die beweisen wird,
ob du tatsächlich der Auserwählte bist, auf
den wir schon seit Jahrhunderten warten.
Bist du es nicht – wirst du auf der Stelle
sterben! Und mit dir würde auch die Hoffnung der verborgenen Gemeinschaft sterben!«

Dario wird kreidebleich. Ihm stockt das Blut in den Adern.

»Ich soll sterben? Was soll dieses absurde Theater? Und wer ist diese mysteriöse verborgene Gemeinschaft? Ich sage dir nur eins, alter Mann: Bring mich sofort zurück – zurück in mein altes Leben!«

Der Schlüsselmeister lacht: »Es gibt kein Zurück für dich! Du musst jetzt die Schwelle dieser Tür überschreiten – dahinter findest du dein neues und dein altes Leben!«

7 – Das Tor des Corax

Der Schlüsselmeister murmelt leise ein paar Worte, die Dario nicht verstehen kann.

»Was nuschelst du da wieder in einer Sprache, die ich nicht verstehe? Wohl wieder dieses verdammte Aramäisch!«, faucht Dario den Älteren ungehalten an.

Der dreht ihm den Kopf zu und antwortet grimmig:

»Das ist kein Aramäisch, du Unwissender, sondern die heilige Sprache unseres Herrn, die Sprache des Lichtbringers Mithras! Wenn du tatsächlich der Auserwählte bist, solltest du dich beruhigen, denn nun öffnet sich dir die Pforte des Lichts!«

Der Alte nestelt im Halbdunkel des Ganges den ersten der sechs goldenen Schlüssel von seinem Gürtel, steckt diesen in ein riesiges Schlüsselloch und schließt auf. Mit allen Kräften zieht er danach an einem Metallring, der in das Türblatt eingelassen ist. Die Tür dreht sich quietschend in den steinernen Angeln, die ins Mauerwerk eingelassen sind. Vor Dario öffnet sich ein rabenschwarzes Loch.

»Da hindurch!«, krächzt der Schlüsselmeister.

»Nach dir, alter Freund! In dieses schwarze Nichts gehst du voran!«, gibt Dario zur Antwort.

Abb. 8: Die erste Pforte

»Du bist der Auserwählte, nicht ich! Dein Schicksal liegt hinter dieser steinernen

Schwelle. Bist du der Lichtbringer, hast du nichts zu befürchten!«

Dario hört, wie sein Herz rast. Der Schweiß steht ihm auf der Stirn.

»Mach schon! Geh!«, befiehlt der Greis erneut und zeigt in Richtung der Türöffnung.

Dario atmet noch einmal tief durch, nimmt all seinen Mut zusammen und zwängt sich durch den schmalen Einlass. Auf allen vieren kriecht er voran, mit den Händen den Boden abtastend. Erde und Staub fühlt er an den Handflächen. Stickige Luft erschwert ihm das Atmen. Die Ölfunzel des Schlüsselmeisters wirft viel zu wenig Licht in die Finsternis, die sich vor ihm ausbreitet wie ein schwarzes Meer.

»Reich mir die Lampe!«, wendet er sich an den Alten, der noch immer vor der Türe kauert. In diesem Augenblick schlägt der die Luke zu. Dario vernimmt, wie sich der Schlüssel im Schloss dreht. Schlagartig umfängt ihn vollkommene Dunkelheit. Hastig krabbelt er auf den Knien zurück zur

Tür, ertastet mit seinen Fingerspitzen den Rahmen und beginnt mit seinen Fäusten gegen den steinernen Verschluss zu pochen.

»Öffne die Tür, du heimtückischer Schlüsseldiener!«, schreit er in seiner Wut. Keine Antwort von draußen – nur der Widerhall seiner Rufe. Aus der Finsternis kehren sie kurze Zeit später als Echo zu ihm zurück. Wie konnte er sich nur darauf einlassen, als Erster in dieses lichtlose Verlies zu klettern? Er hätte darauf bestehen sollen, dass der Schlüsselmeister ihm vorangeht! Zu spät! Nun ist er alleine – völlig auf sich gestellt, ohne zu wissen, wo er ist und was er hier soll!

Kalt und muffig ist es an diesem unheimlichen Ort. Er muss hier raus! Sofort! Aber wie? Dario wird zunehmend unruhiger und überlegt: Der Schlüsselmeister wies darauf hin, dass die Reliefs an der Tür, die er das ›Tor des Lichts‹ nannte, die sieben Stufen der Erleuchtung darstellen. Dario konzentriert sich erneut und gräbt in seinem Gedächtnis nach dem ersten Bild, dem

Raben! Corax, der Rabe – Bote des Lichts, hat er ihn genannt.

Dario rafft sich auf. Es hat keinen Sinn, hier sitzenzubleiben. Es muss einen Weg in die Freiheit geben! Zentimeter für Zentimeter kriecht er auf den Knien in das dunkle Nichts. Seine Hände werden zu seinen Augen.

»Irgendwann muss ich an eine Wand stoßen, an der ich mich entlangtasten kann!«, macht sich Dario selber Mut. Immer schneller bewegt er sich auf bloßen Knien. Schon bald beginnen diese zu schmerzen. Er wagt es nun, sich aufzurichten, und berührt von nun an den Boden vorsichtig mit den Fußspitzen. Schritt für Schritt – die Arme weit nach vorne ausgestreckt – begibt er sich in die nicht enden wollende Finsternis. Doch schon im nächsten Augenblick tritt er ins Leere! Dario taumelt, stürzt kopfüber in die Tiefe – die Arme noch immer ausgebreitet. Wie wild schlägt er um sich und rudert mit den Armen. Dario pumpt noch einmal Luft in seine Lungen und hält dann den Atem an, in Erwartung des Aufschlags auf dem Boden. Doch zu seiner Überraschung spürt er keinen Widerstand, sondern empfindet Leichtigkeit, Freiheit. Noch einmal beginnt er wie ein Ertrinkender mit den Armen um sich zu schlagen. Doch seine Bewegungen sind nun nicht mehr so ungezügelt und verkrampft wie zu Beginn seines Sturzes, sondern federleicht, fast schwerelos! Dario fühlt, wie die Luft ihm unter die Arme greift, seinen Körper auffängt und ihn nach oben trägt. Umso kräftiger er mit den Armen rudert, umso höher steigt er auf. Ein Glücksgefühl bemächtigt sich seiner. Dario würde am liebsten schreien vor Glück, doch aus seinem Hals kommt nur ein heißeres Krächzen.

Endlich! Über ihm Licht! Nach oben! Wie besessen schwingt Dario seine Arme auf und ab. Pfeilschnell trägt ihn seine Bewegung in die Lüfte, dem leuchtenden Punkt entgegen, der sich als gleißendes Licht entpuppt. Dario schließt die Augen. Zu sehr blendet ihn der helle Schein. Schützend hält er seine

Arme vors Gesicht, vergisst dabei zu rudern. Wie ein Stein sackt er zu Boden, doch nicht hart, sondern weich wie eine Feder landet er auf seinen Beinen. Doch wo ist er gelandet? Das Licht ist zu grell. Sein Blick gleitet hinab zu seinen Füßen, die den Untergrund abtasten. Dario erstarrt! Seine Füße sind ohne Zehen! Er steht auf spitzen Krallen! Seine Beine sind mit schwarzen Schuppen bedeckt. Sein ganzer Körper ist mit pech-schwarzen Federn übersät – und seine Arme sehen aus wie die Schwingen eines Vogels – nein! – nicht wie die, irgendeines Vogels, sondern wie die eines Raben! Dario will lauthals seine Verzweiflung hinausschreien, doch er vernimmt nur ein klägliches Kräch-zen.

»Zum Bruder des Lichts sollst du werden!«

Die Stimme dringt aus dem gleißenden Schein zu ihm herüber.

Dario will eine Frage stellen, doch aus seinem kräftigen Schnabel ertönt erneut nur Gekrächze.

»Auserwählter, höre mich an!«, fordert die Stimme aus dem grellen Nichts.

Dario plustert sein Gefieder auf, als wolle er damit seinen Unmut bekunden. Wild schlägt er mit den Flügeln und scharrt mit den spitzen Krallen.

»Wehre dich nicht, sondern löse deine Aufgaben mit Sorgfalt!«, befiehlt die sonore Stimme in einem Unterton, der keine Widerrede zulässt. »Um die sieben Stufen der Erleuchtung zu überwinden, musst du sieben Rätsel lösen. Die erste Aufgabe liegt vor dir. Du kannst die Gestalt des Raben CORAX nur dann ablegen, wenn du sein Rätsel löst, das an der Wand geschrieben steht!«

Die Stimme verhallt und mit ihr verschwindet das grelle Licht. Zwei Fackeln erleuchten eine glatte Wand, in die Schriftzeichen eingeschlagen sind.

Dario hüpft auf seinen Krähenbeinen nach vorne, um die Inschrift zu entziffern:

CORAX – der Rabe
Mit den Rabenflügeln
Fliege fort,
Bringe mir die Kunde
Vom Zauberort!

Dario liest die Worte wieder und wieder. Welches Rätsel soll hinter diesen Versen verborgen sein? CORAX – das ist doch wohl er, der Rabe! Der soll mit den Flügeln davonfliegen, um die Kunde vom Zauberort zu bringen? Erwartet das sprechende Licht von ihm, dass er davonfliegt zu einem verzauberten Ort?

Dario krächzt noch einmal aus vollem Hals. Dann breitet er seine Schwingen aus, beginnt zu flattern und wird wie von Zauberhand nach oben getragen. Die Fackeln leuchten zu ihm herauf. Ihr Schein bricht sich an kräftigen Metallstäben, die seinen Aufenthaltsort wie ein eisernes Gefängnis umschließen. Erste jetzt erkennt Dario, dass er in einem riesigen Vogelkäfig sitzt. Die Käfigtür ist durch ein monströses

Vorhängeschloss gesichert. Es gibt kein Entkommen! Also doch nur, wenn er das Rätsel
löst. Noch einmal fliegt er zur Wand mit
der Inschrift.

Er liest die Verse immer wieder – bis ihm
eine Idee kommt. Seine Mutter hatte ihm als
Kind die Sintflutgeschichte aus der Bibel
vorgelesen. Dario war fasziniert von Noah,
der von jedem Tier ein Pärchen rettete, um
die Art zu erhalten. Vierzig Tage Dauer-
regen. Alles Leben ertrank in den Fluten,
außer auf der Arche! Dario erinnert sich
noch genau an Mutters Worte:

»Am elften Tag des elften Monats öffnete
Noah das Fenster und ließ einen Raben fliegen. Der flog aus und ein, bis das Wasser
auf der Erde vertrocknet war.«

Dario schießt es durch den Kopf: »Das muss
die Lösung sein!«

Mit dem Schnabel zeichnet er die Worte in
den Staub vor ihm auf dem Boden:

»CORAX ist der Name von Noahs Rabe der
Sintflut!«

Dario hüpft auf seinen Krähenbeinen hin und her. Keine Reaktion! Doch plötzlich hallt die sonore Stimme wie Donner durch die Gitterstäbe des Käfigs:

»CORAX brachte einst die Kunde zu Noah, dass er Land gefunden habe. Merke dir: Das Land war der Zauberort, wo alles Leben wieder von Neuem gedeiht. Damit hast du die erste Stufe der Erleuchtung gemeistert. Es warten noch sechs weitere Aufgaben auf dich, Bruder des Lichts!«

Von Weitem hört Dario, wie sich schlurfende Schritte seinem eisernen Gefängnis nähern. Es ist der alte Schlüsselmeister, der den Käfig aufschließt.

»Komm schon! Oder willst du noch ewig hier herumsitzen?«, wettert der Greis.

Dario will wieder seine Schwingen ausbreiten, doch erst jetzt bemerkt er, dass er seine alte Gestalt zurückgewonnen hat. Er ist wieder in seinen menschlichen Körper zurückgekehrt!

Schnell zwängt er sich aus dem Käfig und folgt dem Alten in einen dunklen Gang.

8 – Das Tor des Nymphus

»Die Stufe des Raben hast du also über-
wunden, junger Freund!«, hört Dario den
Schlüsselmeister sagen, »ich habe schon viele
Jünglinge an dieser Aufgabe scheitern sehen.
Unten, am Boden des Käfigs, verrotten ihre
Gebeine. Doch es liegen noch sechs weitere
Prüfungen vor dir! Und es wird von Mal zu
Mal schwieriger, die Rätsel des Mithras zu
lösen. Ich hoffe für dich, dass du dich am
Ende würdig erweisen wirst, um als ›Bruder
des Lichts‹ in deine Welt zurückzukehren!«

Dario packt den Alten am Arm:

»Was heißt das, ich soll mich würdig
erweisen? Sage mir: Wie kann ich zurück in
mein altes Leben?«

Der Greis lächelt geheimnisvoll:

»Löse alle Aufgaben, erklimme die letzte, die
siebente Stufe – dann wirst du erlöst!«

Die Stimme des Alten hallt von den engen
Wänden und verliert sich im Nichts des
endlosen Ganges.

»Folge mir!«, krächzt er, »Nymphus erwartet dich im Innern des Allerheiligsten!«

Mühsam und mit kleinen Schritten stapft der Schlüsselmeister durch die engen Flure des dunklen Labyrinths. Seine flackernde Öllampe ist die einzige Lichtquelle weit und breit. Dario muss sich in sein Schicksal fügen. Ohne seinen Begleiter würde er hier nie herausfinden! Also folgt er ihm, ohne weitere Fragen zu stellen. Dario hat in der Dunkelheit längst das Gefühl für Zeit und Raum verloren. Er weiß nicht, wie lange er schon in diesem Verlies zugebracht hat und ist froh, als er am Ende des Ganges eine Tür erblickt.

»Muss ich hier wieder ohne dich hindurch?«, wendet er sich an den Schlüsselmeister.

Der gibt ihm keine Antwort, sondern nestelt den zweiten goldenen Schlüssel vom Gürtel und schließt auf:

»Stufe zwei: Nymphus – der Bräutigam! Auch Okkulter genannt.«

Dario schaut dem Alten in die Augen. Der bleibt davon ungerührt. Sein knochiger Zeigefinger zeigt in das dunkle Loch hinter der Pforte. Dario spürt, wie in ihm der Widerstand wächst. Er will sich nicht kleinkriegen lassen! Schon gar nicht von einem, den das Männchen vor ihm als Bräutigam bezeichnet hat. Dario klettert über die Schwelle und steht in einem Flur, an dessen Ende Fackeln von den Wänden leuchten.

Ein kräftiges Krachen – die Tür wird hinter ihm zugeschlagen und verschlossen. Dario ist wieder einmal allein.

»Ich werde auch diese Aufgabe meistern!«, macht er sich Mut und läuft los in Richtung der Fackeln. Dario steht nun inmitten eines quadratischen Raums. An allen vier Wänden stecken jeweils zwei brennende Fackeln, die einen beißenden Geruch verbreiten. Die Decke ist vom aufsteigenden Qualm bereits rußgeschwärzt. In der rechten Ecke ist ein Sitzmöbel mit hoher Rückenlehne und stark geschwungenen Stuhlbeinen platziert. Doch dem schenkt Dario keine

Aufmerksamkeit. Sein Blick haftet wie gebannt auf einem ovalen Sarkophag aus gebranntem Ton, der mitten im Raum auf der Erde steht. In den tönernen Deckel sind sieben gleichgroße Symbole eingeritzt. Dario nähert sich zunächst nur zögerlich dem Totenschrein. Er beginnt zu schwitzen, sein Atem geht schnell. Was soll er nun tun? Den Deckel des Sarkophags wegschieben? Es schaudert ihn, wenn er daran denkt, was dann zum Vorschein kommen könnte! Ein Skelett oder gar eine Mumie? Hätte er bloß nicht die verdammte Mithras-Grotte in Saarbrücken aufgesucht! Seit jener Zeit stürzt er von einer seltsamen Begebenheit in die andere. Die Einzige, die ihm in positiver Erinnerung geblieben ist, ist dieses wunderschöne Mädchen! Celeste – wenn er an sie denkt, beflügelt es seine Kräfte. Er muss die Frau unbedingt wiedersehen! Bei diesem Gedanken fallen sämtliche Angstgefühle von ihm ab. Dario beugt sich über den Sarkophag und betrachtet die eingeritzten Symbole noch einmal aus der Nähe:

Das obere Zeichen stellt einen Halbmond dar – da ist er sich sicher! Symbolisieren die anderen Embleme vielleicht ebenfalls Gestirne? Dario konzentriert sich auf die Zeichen und durchforstet sein Gedächtnis. Er hat die gleiche Zusammenstellung schon einmal gesehen – aber wo? Er schließt die Augen und öffnet in Sekundenschnelle seine Erinnerungsschubladen.

Sein fotografisches Gedächtnis arbeitet in seiner Vorstellung so: Was er sieht und für wichtig erachtet, wird in seinem Hirn wie in einem Regal mit zahllosen Fächern abgelegt. Doch er muss eine Verbindung herstellen, um das passende Gefach öffnen zu können! Mond – sieben Gestirne – Nymphus – Bräutigam. Dario lässt die Augen geschlossen. Die Gedanken fliegen in rasender Geschwindigkeit durch sein Hirn. Der Schlüsselmeister nannte Nymphus auch noch den Okkulter! In diesem Augenblick stoppt die Fahrt durch sein Erinnerungsvermögen abrupt! Wie eine Vollbremsung mit einem Auto. Da ist das, was er sucht: die Vorlesung über okkulte Himmelskörper. Schon eine Weile her, aber das Schaubild, das sein Professor an die Tafel kritzelte, hat er sich eingeprägt:

Zeichen 1: Der Mond. Der Mond hält fest, lässt alles erstarren.

Zeichen 2: Der Flügelhelm des Merkur führt aus dem Sinnesleben heraus.

Zeichen 3: Der Handspiegel der Venus lässt die Liebe erblühen.

Zeichen 4: Die Scheibe der Sonne steht für ewiges Wachsen und Gedeihen.

Zeichen 5: Schild und Speer von Mars stehen für Mut, führen zum Sinnesleben, dem roten Blut.

Zeichen 6: Der Blitz des Jupiter befreit das Ich.

Zeichen 7: Die Sichel des Saturn bildet die physische Grundlage der Gesamtheit.

Dario kommen nun auch die Worte seines Uni-Lehrers in Religionsgeschichte in den Sinn:

Saturn, Jupiter und Mars werden von den Anhängern dieses Glaubens als menschenbefreiende Planeten bezeichnet,

Venus, Merkur und Mond dagegen als die schicksalbestimmenden Planeten. In der Antike herrschte bei zahlreichen Gelehrten die Meinung, diese Planeten würden das menschliche Leben, das Schicksal beeinflussen. Dieser Vorsehung könnte aber das göttliche Wirken und die Willensfreiheit der Menschen entgegenwirken. So die Theorie.

Dario öffnet die Augen. Antike Vorstellungen hin oder her – er muss die Lösung finden, um die zweite Stufe zu erlangen!

Seine Hände greifen entschlossen nach dem tönernen Deckel des Sarkophags und schieben diesen mit einem kräftigen Ruck so weit zur Seite, dass er einen Blick hineinwerfen kann. Bei dem, was er sieht, springt Dario im ersten Schreck einen Schritt zurück. Schnell greift er eine Fackel von der Wand und hält diese mit ausgestrecktem Arm schützend vor sich. Nichts passiert! Es regt sich nichts! Dario zittert vor Aufregung am ganzen Leib. Totenstille in der Kammer! Dario wartet noch ab – schaut gebannt auf die Öffnung des Sarkophags. Die Fackel in seiner Hand stößt ein leises Fauchen hervor, als er sie in die Höhe hebt, um in das dunke Loch hinein zu leuchten. Noch einmal beugt er sich über Sarkophag und schaut durch den geöffneten Spalt in das glattrasierte Gesicht eines jungen Mannes. Unter einer roten Stoffmütze quellen seine schulterlangen Haare hervor. Dario wagt es nun, den Sargdeckel komplett abzuheben. Der Leichnam trägt ein kostbares, mit Stickereien verziertes Obergewand über einer weiten Hose, die auf der Vorderseite mit einer Knopfleiste versehen ist. In die linke Hand des Toten hat man einen langen, am oberen Ende leicht gekrümmten Stab gelegt. Zwischen seinen Füßen liegt ein Bronzegefäß, das auf drei ornamental verzierten Füßen steht. Dessen rundlicher Bauch zeigt auf der Vorderseite das Abbild eines menschlichen Wesens mit Flügeln. Darauf hockt eine Vogelfigur mit gekrümmtem Schnabel. Dario betrachtet den Toten von oben bis unten. Bei seinem Ableben dürfte er kaum älter gewesen sein als er selbst. Von seinen ebenmäßigen Zügen geht eine gewisse Vornehmheit aus. Friedlich sieht er aus – so, als ob er gerade eingeschlummert sei. Im Schein der Fackel sieht Dario, dass der Mann irgendetwas in seiner Rechten hält. Es ist so klein, dass er es erst jetzt bemerkt. Dario hat noch nie in seinem Leben einen Toten berührt, doch er ist sich sicher, dass das, was der Leichnam in der Faust hält, die Lösung des Rätsels birgt. Mit spitzen Fingern zieht er den Gegenstand aus der Faust des Toten.

Eine Pergamentrolle! Schnell steckt er die Fackel zurück in die Wandhalterung, entrollt mit größter Vorsicht das brüchige Schriftstück und hält es zum Lesen näher an die Lichtquelle. Da steht:

NYMPHUS – der Bräutigam
Der Bräutigam ist halb tot,
Trinken muss er aus dem Auge des Adlers!
Dann erhält er wieder
In das Leben Einlass!

Dario murmelt die Worte vor sich hin. Ist der Tote im Sarkophag dieser ominöse Nymphus, der Bräutigam, auf den der Schlüsselmeister vor dem Eingang hinwies? Der dürfe im Inneren des Heiligtums leben, hatte der Alte gesagt. Doch der Mann im Sarkophag ist tot – mausetot! Die geheimnisvollen Zeilen verkünden aber, dass der Bräutigam halb tot sei. Leben soll er erhalten, wenn er aus dem Auge des Adlers trinkt. Zumindest besagt das dieses Gedicht.

Dario fällt es wie Schuppen von den Augen: Das Gefäß mit dem Raubvogel zu Füßen des Bestatteten! Dario greift nach der bauchigen Flasche und schüttelt sie ein wenig. Er hört, wie es im Innern des Gefäßes gluckert.

Abb. 9: Das
Adler-Gefäß

»Die enthält eine Flüssigkeit!«, stellt Dario fest. Vielleicht muss der Tote dieses Zeug trinken, um zum Leben erweckt zu werden? Krampfhaft sucht er nach einem Ausguss. Keine Tülle, kein Verschluss, den er abdrehen könnte!

»Trinken muss er aus dem Auge des Adlers!«, steht auf dem Pergament.

Dario hält das Gefäß noch näher ins Licht einer Fackel. Selbst beim genauen Hinsehen erkennt er keine Öffnung an den Augen der Vogelfigur. Er dreht und wendet die Flasche nach allen Seiten, stellt sie sogar auf den Kopf – nichts! Kein Tropfen! Frustriert will Dario das Gefäß in den Sarg zurückstellen. Dabei berührt er zufälligerweise mit dem Flaschenboden den langen Stab neben dem Toten. Wie von Zauberhand öffnet sich das Augenpaar des Adlers auf dem Gefäß. Dario nutzt die Gunst der Stunde! Er hält das Gefäß über den Kopf des Leichnams und kippt die Flasche nach vorne. Eine blutrote Flüssigkeit schießt aus den Adleraugen und benetzt die Lippen des Jünglings im Sarko- phag. Zunächst geschieht nichts. Dann reißt der Tote die Augen auf, starrt an die Decke, bevor einen tiefen Atemzug nimmt. Seine Linke umklammert den Stab, mit der Rech- ten reißt er Dario das Adlergefäß aus den Händen. Langsam richtet er sich auf und setzt die Flasche zum Trinken an. Dario hört, wie die Flüssigkeit in großen Schlucken durch die Kehle des Mannes rinnt.

»Der Saft des Lebens!«, jubelt er, nachdem er die Flasche abgesetzt hat, »das Leben ist zu mir zurückgekehrt!«

Leichtfüßig wie eine Katze springt er aus dem Sarkophag und geht auf Dario zu, der mit offenem Mund an der Wand steht.

»Warst du es, der mir den Saft des Lebens gereicht hat?«, fragt der Auferstandene.

Dario nickt nur stumm.

»Dann musst du der Auserwählte sein! Beende nun das begonnene Ritual!«, befiehlt ihm der Mann aus dem Sarg.

»Ich weiß nicht, wie ich das machen soll. Ich kenne nicht die Regeln dieses Rituals!«

Sein Gegenüber lacht:

»Du hast mich zum Leben erweckt. Die Prophezeiung sagt, dass dies nur der Auserwählte vollbringen kann! Und nur dieser kann das Ritual bis zum Ende durchführen!«

Ungeduldig schlägt der Mann mit dem Ende seines gekrümmten Stabes auf den Steinboden.

Dario huschen in seiner Verzweiflung alle möglichen Gedanken durch den Kopf, aber ihm will nicht einfallen, was hier zu tun ist, um ein Ritual abzuschließen, von dem er bis vor wenigen Minuten noch nie etwas gehört hat. Fieberhaft sucht er nach einer Lösung. Der Mann aus dem Sarkophag wird zunehmend ungehaltener. Ungeduldig marschiert er in der Kammer auf und ab, immer wieder den Stab auf den Boden stoßend.

Um gegenüber dem aufgebrachten Mann seine Unwissenheit nicht zu offenbaren, beginnt Dario eine Konversation:

»Der Schlüsselmeister nannte dich Nymphus, den Bräutigam.«

Der Angesprochene starrt ungeduldig zu ihm herüber: »Der bin ich. Aber wozu fragst du? Das musst du, der Auserwählte, doch wissen!«

»Ich frage nur zur Sicherheit, damit ich das Ritual mit dem Richtigen durchführe«, antwortet Dario, »aber wo ist deine Braut? Ein Bräutigam braucht eine Braut!«

Der andere braust auf: »Aber genau dazu bist du doch hierher gekommen! Du führst mir meine Braut zu! Nur du, der Auserwählte, kann das bewerkstelligen! Erst dann kann ich Ruhe finden!«

Nun ist es klar: Darios Aufgabe besteht darin, Nymphus eine Heiratskandidatin zuzuführen. Aber woher soll er in dieser abgeschlossenen Gruft die Zukünftige eines Auferstandenen herzaubern? Magie muss die Lösung sein! Seit er in dieses Labyrinth verbannt ist, geschehen immer wieder wundersame Dinge, die auf magische Kräfte zurückzuführen sind.

»Die Flüssigkeit aus der Flasche mit dem Adler haben den Bräutigam erweckt — warum sollte sie nicht auch die Braut erlösen?«, denkt sich Dario und nimmt noch einmal das Gefäß zur Hand, um es erneut von allen Seiten zu betrachten. Das engelhafte Wesen auf der Vorderseite grinst ihn an. Die Rückseite ist unverziert. Vorsichtig schüttelt er die Flasche – sie scheint leer. Nymphus hat sie wohl vollständig ausgetrunken! Dario schüttelt noch einmal kräftiger. Ein paar Tropfen, kaum ein Fingerhut voll, spritzen aus den Augen des Adlers auf den am Boden liegenden Sarkophagdeckel. Die rote Flüssigkeit landet genau auf dem ersten Symbol, dem eingeritzten Halbmond, sucht sich von dort den Weg zum zweiten, zum dritten bis zum siebten Zeichen. Alle sieben Symbole sind nun mit einem dünnen roten Film überzogen. Es beginnt zu brodeln und zu zischen. Die Flüssigkeit entzündet sich wie von Geisterhand. Es faucht und dampft. Die Symbole auf dem Sargdeckel stehen in Flammen.

Wie in Trance ruft Dario seine Erinnerung aus seinem fotografischen Gedächtnis und rezitiert die Deutungen der Symbole:

»Wenn der Mond erstarrt, führt Merkur hinaus aus dem Sinnenleben. Die Venus lässt die Liebe erblühen, die Sonne das Wachsen und Gedeihen. Der Mars führt hinein in das Sinnesleben, das rote Blut. Der Jupiter befreit das Ich und Saturn umspannt das Ganze!«

Die Zeichen auf dem Sarkophag-Deckel beginnen in den Flammen zu leuchten. Beißender Qualm steigt auf, der den gesamten Raum vernebelt. Dario muss husten. Seine Augen brennen. Im Dunst sucht er nach einem Ausweg, rempelt an den Stuhl und sinkt darauf nieder. Mit beiden Händen hält er sich die Augen zu. Langsam verzieht sich der Qualm. Darios Augen brennen, als ob man ihm Säure hineingeschüttet hätte! Tränen laufen ihm die Wangen herab. Es dauert eine ganze Weile, bis er wieder sehen kann. Er schaut an sich hinunter und findet sich plötzlich in einer ihm fremden Tracht. Er trägt nun nicht mehr den einfachen Rock, sondern ein bunt besticktes Obergewand und eine Hose mit aufgenähten Metallapplikationen. Auch seine Kopfbedeckung fühlt sich anders an. Aus der anderen

Ecke der Grabkammer ertönt eine weibliche Stimme:

»Der Auserwählte hat mich zu dir gerufen! Er hat uns befreit und zusammengeführt. Lass uns ihm Ehre erweisen!«

Aus dem Dunst tritt eine junge Frau hervor, gekleidet in ein hauchdünnes Chiton-Gewand, das ihren zarten Körper umschmeichelt. In der Hand hält sie einen Metallstab, dessen oberes Ende kunstvoll geschwungen ist. Neben ihr erscheint Nymphus, den langen Stab geschultert und einen goldenen Apfel in der Rechten. Beide kommen auf Dario zu. Nymphus verbeugt sich tief und sagt:

»Du hast mich vom Tode auferstehen lassen und hast auch meine Geliebte errettet – dafür sind wir dir auf ewig dankbar!«

Anschließend überreicht er dem Sitzenden den Apfel:

»Die Frucht der Erleuchtung. Hüte sie wie einen Schatz!«

Nun erst nähert sich die Braut:

»Nimm das Zepter der Auferstehung als Dank für meine Erlösung!«

Abb. 10: Die Braut des Nymphus

Dario weiß nicht, wie er sich verhalten soll, und antwortet den beiden:

»Nymphus, du sollst von nun an auf ewig mit deiner Braut im Allerheiligsten leben!«

Die beiden lächeln sich überglücklich an, knien vor Dario nieder und zeigen zur Tür:

94

»Der Schlüsselmeister erwartet dich! Du hast die zweite Stufe überschritten, Auserwählter!«

Knarrend öffnet sich die Tür der Grabkammer. Der Schlüsselmeister ruft: »Beeil dich! Die Zeit fliegt. Gib mir den goldenen Apfel und dann auf zur dritten Prüfung!«

9 – Das Tor des Miles

In seiner alten Welt, zu Hause in Saarbrücken, verfügt Dario stets über ein unüber-
treffliches Orientierungsvermögen. Aber
hier, in der finsteren Welt des Schlüsselmeisters fühlt er sich gänzlich verloren. Er fühlt
sich dazu verdammt, dem sonderbaren
Alten mit den am Gürtel scheppernden
Schlüsseln zu folgen. Doch Dario spürt, wie
er nach jeder bewältigten Aufgabe selbst-
sicherer, stärker wird! Er hat das Rätsel des
Raben und des Nymphus gelöst – was wird
ihn als Nächstes erwarten?

Bevor er in seinem Gedächtnis nach dem
dritten Bild suchen kann, stehen sie bereits
vor einer Pforte mit Eisenbeschlägen. Die
Tür hängt vollkommen schief in einer steinernen Wand und ist kaum einen Meter
hoch. Bei ihrem Anblick bemerkt Dario
bissig:

»Wurde dieses unterirdische Labyrinth von
Zwergen erbaut?«

Der Schlüsselmeister zieht die Stirn in Falten: »Spotte nicht über unser Mysterium, Auserwählter! Hinter diesem Durchlass stößt du auf deine dritte Prüfung. Miles, der Soldat, harrt deiner!«

Aus einem Beutel zieht der Greis eine Pergamentrolle hervor und überreicht sie Dario:

»Lies die Verse und merke dir den Inhalt wohl! Sie gewähren dir Erfolg!«

Dario faltet das Schriftstück auseinander, während ihm der Schlüsselmeister mit der Öllampe leuchtet.

MILES – der Soldat
Finde den Soldaten,
Der gekämpft,
Am Leben geblieben,
Und nie getötet hat!

Dario liest sich den Vers mehrmals laut vor, um das Gedicht des Miles in seinem Gedächtnis zu verankern.

»Wir haben keine Zeit!«, blafft ihn der Alte an und reißt ihm die Rolle aus den Händen, um sie wieder im Beutel verschwinden zu lassen.

Es rasselt, als er den dritten goldenen Schlüssel vom Bund nimmt und in das Schlüsselloch steckt. Dieses Mal springt ihm Dario zur Seite und hilft ihm, die schwere Pforte zu öffnen.

»Ah!«, krächzt der Alte, »wie ich sehe, hast du inzwischen gelernt, dich in dein Schicksal zu fügen. Ein weiterer Schritt zur Erleuchtung ist vollbracht!«

Dario verdreht die Augen und kriecht nun ohne Murren durch das Loch. Dieses Mal erwartet ihn keine Dunkelheit, sondern ein hell erleuchteter Saal mit bunt bemalten Wänden. Kriegerische Szenen sind dargestellt. Ein Bärtiger, der sich mit seinem Schwert gleich zwei bartlosen Kämpfern stellen muss. Daneben der gleiche Krieger mit Helm und Lanze im Kampf gegen Amazonen. Auf der gegenüberliegenden Seite ein einziges, riesengroßes Wandgemälde. Der gleiche bärtige Krieger von den Kampfszenen kniet nun, sein Schwert erhoben –

vor einer anderen Gestalt, die ihm einen Siegerkranz überreicht. Zu Darios Verwunderung hat diese Gestalt kein Gesicht, obwohl ansonsten die gesamte Figur bis ins letzte Detail ausgemalt ist. Dario hat nur eine Erklärung: Entweder hat der Künstler vergessen, es zu malen, oder – was er für wahrscheinlicher hält – das Gemälde ist noch nicht vollendet!

Dario schaut sich weiter um. In einer Ecke steht ein Waffenständer mit einer Lanze und einem Schwert. An einem Haken hängt ein silberfarbener Helm mit rotem Federbusch. Dario, noch immer in phrygische Tracht gekleidet, legt seine Stoffmütze ab und setzt sich den Helm auf. Er muss unwillkürlich lachen, als er die Lederriemen unter seinem Kinn verschnürt:

Nun sehe ich aus wie ein römischer Legionär! Fehlt nur noch Schwert und Lanze!

Dario kann nicht widerstehen: Er greift zuerst nach dem Schwert. Da er keine Scheide hat, steckt er es seitlich durch seinen Gürtel. Nun noch die Lanze aus dem Ständer! Zum ersten Mal hält er eine solche Waffe in der Hand. So schwer hätte er sich diesen Spieß nicht vorgestellt!

Die Eisenspitze hat ein ganz schönes Gewicht!, stellt er beim Hantieren mit dem fast zwei Meter langen Speer fest. Er wiegt ihn in der rechten Hand, sucht nach dem Punkt, an dem die Lanze ausbalanciert in seiner Faust liegt. Kaum hat er ihn gefunden, beginnt Dario spielerisch die Lanze nach vorne zu stoßen. Dann ein Ausfallschritt nach vorne – und Stoß! Nun den hölzernen Schaft in beide Hände und Abwehrhaltung! Gar nicht so einfach, ein solch langes Ding zu handhaben!

»Was machst du mit meiner Ausrüstung?«, donnert hinter ihm eine raue Männerstimme.

Dario fährt entsetzt herum. Am anderen Ende des Saales steht ein bärtiger Mann.

Das ist ja der Krieger auf den Wandgemälden!, schießt es Dario durch den Kopf.

»Was hast du hier zu suchen?«, blafft ihn der andere an, der schnellen Schrittes auf

ihn zukommt. Der Mann reißt ihm die
Lanze aus den Händen und rammt Dario
unvermittelt das stumpfe Ende in den
Magen. Dario krümmt sich vor Schmerz.
Ein seitlich geführter Hieb mit dem hölzernen Griff streckt ihn nieder. Der Bärtige
ist sofort über ihm, stellt seinen Fuß auf
Darios Brust und entreißt ihm auch noch
das Schwert.

*Abb. 11: Miles – der
Soldat*

Die eiserne Spitze funkelt bedrohlich über
Darios Gesicht. Der Bärtige triumphiert:

»Dein letztes Stündlein hat nun geschlagen! Es gibt keine Entschuldigung für deine Tat. Du hast dich an der geweihten Ausrüstung des Miles vergriffen. Dafür wirst du büßen!« Er hebt die Waffe zum Todesstoß. War Dario soeben noch wie gelähmt durch den Überraschungsangriff des Fremden, so schnell arbeiten nun seine Gehirnzellen. Vor seinen Augen erscheint das Pergament des Schlüsselmeisters:

MILES – der Soldat
Finde den Soldaten,
Der gekämpft,
Am Leben geblieben,
Und nie getötet hat!

»Du bist Miles, der Soldat!«, schreit Dario in seiner Not, »der Schlüsselmeister schickt mich!«

Der Bärtige lässt das Schwert sinken und schaut mit grimmigem Blick auf den am Boden Liegenden herab:

»Und wenn schon! Du wolltest meine Rüstung stehlen! Darauf steht der Tod!«

»Soldat, bevor du mir deine Klinge in den Leib rammst, verrate mir, wie viele Feinde du im Kampf getötet hast.«

Der Krieger hält kurz inne und antwortet: »Keinen Einzigen, wenn ich darüber nachdenke. Ich habe besiegte Feinde immer nur entwaffnet, sie aber am Leben gelassen. Mein Verhalten brachte mir hohes Ansehen auf den Schlachtfeldern ein – sogar bei unseren Feinden! Diese schonten deshalb auch immer wieder mein Leben. Ich bin ein Miles, ein Soldat, der oft gekämpft, nie getötet und daher am Leben geblieben ist!«

»Dann wäre ich heute der Erste, den du tötest?«, hakt Dario nach.

Der Bärtige nickt.

»Miles, würde dann nicht dein Ruhm mit einem Schlag verblassen? Dann wärst du nicht mehr der legendäre Held, der seine Feinde schont! Der Soldat, der nie getötet hat, wäre von diesem Augenblick nur noch ein gewöhnlicher Krieger wie tausende andere auf den Schlachtfeldern dieser Erde!«

Der Bärtige lässt seine Lanze sinken, geht kurz in sich und antwortet:

»Du hast Recht, Fremdling! Töte ich dich, ist mein Nimbus dahin! Erhebe dich – aber gib mir den Helm zurück, den du gestohlen hast!«

Dario richtet sich auf, nimmt den Helm vom Kopf und hängt ihn wieder an den Wandhaken.

Ein Donnergrollen erfüllt in diesem Augenblick den Raum. Ein gleißendes Licht durchdringt den Saal, so dass Dario die Hände schützend vor die Augen halten muss. Der Soldat dagegen kniet nieder, hält Schwert und Lanze schräg nach oben und senkt seine Augen zu Boden.

Aus dem Licht ertönt eine Stimme:

»Miles, du hast dich wieder einmal als der wahre Krieger erwiesen! Erneut hast du einem Feind das Leben geschenkt. Wir ehren dich zum wiederholten Male als Soldat unter dem Schutz des Gottes Mars! Nimm diesen vergoldeten Lorbeerkranz zum Zeichen deines erhabenen Sieges über den menschlichen Blutdurst!«

Aus dem Licht wird ein Arm nach vorne gestreckt, der einen goldgelb leuchtenden Reif mit goldenen Blättern in der Hand hält:

»Auserwählter, kröne diesen Helden des Mithras mit dem güldenen Lorbeerkranz!«, befiehlt die Stimme.

Dario geht, noch immer einen Arm vor das Gesicht haltend, auf das gleißende Licht zu, ergreift den Ehrenreif und setzt diesen dem Soldaten aufs Haupt. Im gleichen Augenblick erlischt der helle Schein und der bärtige Krieger verschwindet vor Darios Augen im Nichts. Er ist wieder allein. Die Waffen stehen wieder im Ständer, der silberne Helm hängt noch am Haken. Der Saal ist wieder so, wie ihn Dario beim Betreten vorgefunden hat. Nur eines hat sich verändert: Das fehlende Gesicht im Wandgemälde ist nun deutlich zu erkennen. Dario geht näher und erkennt sein eigenes Porträt. Es ist ganz ein-

deutig sein Bildnis, das nun in der Wand-
malerei verewigt ist.

Von draußen nähern sich schlurfende Schritte. Ein Schlüssel dreht sich im Schloss. Die
Tür fliegt auf und der Schlüsselmeister
steckt seinen Kopf herein:

»Du scheinst in der Tat übermenschliche
Kräfte zu besitzen, junger Freund!«, krächzt
der Alte, »du hast den siegreichen Kämpfer
überzeugt, dich nicht zu töten. Ein Sieg des
Geistes über die Macht des Schwertes! Merke
dir: Töten ist keine Lösung – Vergebung
bedeutet Leben! Nun auf, zur vierten Prüfung! Folge mir zur Löwengrube!«

10 – Das Tor des Leo

Dario hat es inzwischen aufgegeben, sich irgendeinen markanten Punkt in den dunklen Gängen einzuprägen, ihn zu scannen, um ihn in sein fotografisches Gedächtnis einzubrennen: Es gibt in diesem muffigen Verlies mit seinen schier endlosen Gängen keine Stelle, die sich durch irgendein Merkmal von den anderen unterscheidet. Alles scheint gleich auszusehen – öde und trostlos! Nur immer dann, wenn sie an das Ende einer dieser Gänge gelangen, ändert sich das Bild. So auch nun: Dario steht vor einem Gitter aus rostigen Eisenstäben. Der Schlüsselmeister schiebt den vierten goldenen Schlüssel in das Schloss der Tür, die sich laut quietschend öffnet.

»Die könnte mal einen Tropfen Öl gebrauchen!«, bemerkt Dario bissig.

Der Alte schaut ihn nur abschätzend von der Seite an, zieht seine buschigen Augenbrauen nach oben, und krächzt:

»Auserwählter, der vierte Grad der Einweihung erwartet dich: Leo, der König der Tiere! Hüte dich vor seinen Pranken! Nur der Stab des Himmels kann dein Leben retten!«

Er befördert Dario mit einem Schubs in den Käfig und verriegelt hinter ihm die Tür.

»Geh und suche das Untier! Stelle dich dem Kampf und denke dabei an meine Worte!«

Dario schaut dem Schlüsselmeister noch eine Weile hinterher, bis dieser im Dunkel des Ganges verschwindet. Er ist nun wieder alleine auf sich gestellt!

»Hüte dich vor seinen Pranken!«, hat er gesagt, »und nur der Stab des Himmels kann mich erretten.«

Dario überlegt fieberhaft, was diese Worte bedeuten können. Er richtet sein Blick nach vorne und schleicht auf leisen Sohlen, leicht geduckt, in den riesigen Käfig hinein. Sein Herz pocht so laut, dass man es weithin hören kann, vermutet Dario. Ein Löwe soll hier hausen? Wie soll er solch ein Monstrum mit bloßen Händen besiegen? Nirgendwo eine Waffe. Wenn er doch wenigstens eine Peitsche hätte, um sich das Untier vom Leibe zu halten. Aber nichts! Über ihm Gitterstäbe, durch die spärliches Licht einfällt. Ein überdimensionaler Raubtierkäfig — und er mitten drin! Dario bewegt sich vorsichtig auf der linken Seite der Gitterstäbe in den Käfig hinein. Sollte ein Löwe auftauchen, würde er versuchen, nach oben zu klettern. Doch würde ihm das etwas nützen, wenn solch ein ausgewachsener Wüstenkönig vor ihm steht? Er hätte mit Sicherheit keine Chance, dessen Pranken zu entkommen! Dennoch berührt Dario mit seiner linken Hand immer wieder die Eisenstäbe, die ihm Halt in dieser ausweglosen Situation verleihen. War da gerade ein Geräusch? Dario hält inne, hält sogar den Atem an und lauscht. Das Gebrüll eines Löwen! Noch weit entfernt, aber schnell näher kommend. Es kommt aus der Richtung, aus der er gerade kam. Also spurtet Dario los, schnell, weiter in den Käfig hinein. Er läuft um sein Leben. Das heisere

Brüllen wird immer lauter, der Löwe kommt näher! Dario wirft einen kurzen Blick hinter sich – noch ist er nicht zu sehen, aber zu hören! Darios Füße scheinen über den steinernen Boden zu fliegen, doch die gierigen Rufe des Wildtiers sind schon dicht an einem Ohr. Dario glaubt sogar, den heißen Atem des Untiers bereits im Nacken zu verspüren. Noch einmal blickt er zurück – geradewegs in die funkelnden Augen eines Löwengesichts mit weit aufgerissenem Maul, aus dem die beiden Reißzähne wie Dolche aus Elfenbein herausragen. Messerscharfe Krallen versuchen, ihn zu packen. Der Schweif des Löwen leuchtet wie Feuer, aus seiner wilden Mähne sprühen Funken. Dario sieht sein Ende kommen, doch plötzlich taucht vor ihm ein in den Boden eingelassenes Becken auf. Auf dem Grund liegt eine Feuerschaufel, wie er sie schon einmal bei einem Feuerwehrfest gesehen hat, als von Akteuren in alten Uniformen ein historischer Löschzug nachgestellt wurde. Dario springt mit letzter Kraft in das bassinartige

Geviert, greift die Schaufel und stellt sich dem Kampf. Doch der Löwe greift zu seiner Verwunderung nicht an, sondern umrundet, bedrohlich fauchend, das Becken. Immer wieder schlägt er mit den Pranken nach Dario, doch der bleibt – noch immer die Schaufel in den Fäusten – in der Mitte des Beckens stehen. Es ist ihm unergründlich, warum der vor Kraft strotzende Löwe ihn nicht angreift. Die lächerliche Feuerschaufel kann ihn kaum davon abhalten, nicht in das Becken zu steigen, um sein Opfer zu zerfleischen. Der Löwe umkreist das Becken ein um das andere Mal. Seine Schreie werden zunehmend lauter und klingen immer ungehaltener, je länger er seine Beute nicht erreichen kann.

Dario folgt jeder Bewegung des mächtigen Tieres, lässt in nicht aus den Augen. Wieso greift er nicht an, um diesem ungleichen Spiel ein Ende zu bereiten? Dario sucht händeringend nach einem Ausweg. Erst jetzt sieht er, dass auf dem Beckenboden noch zwei weitere Utensilien liegen: eine Rassel

und ein Metallstab in Form eines Blitzbün-
dels. Gerade will sich Dario nach der Rassel
bücken, da schießt die Tatze des Löwen nach
vorne. Nur knapp verfehlt sie ihr Ziel. Das
Raubtier jault auf und röhrt, dass der Geifer
aus seinem aufgerissenem Maul spritzt.
Doch schon hält Dario die Rassel samt dem
metallenen Blitzbündel in seiner Linken. Er
beginnt die Rassel zu schütteln. Das rhyth-
mische Schlagen des Musikinstruments lässt
den Löwen zurückweichen, zumal das gold-
glänzende Blitzbündel in Darios Hand hell
zu strahlen beginnt. Der Schimmer fällt auf
das Schaufelblatt, aus dem im gleichen
Augenblick eine klebrige Flüssigkeit austritt,
die in zähen Tropfen auf den Grund des
Beckens fällt. Immer stärker quillt die Flüssigkeit aus der Feuerschaufel. Je schneller
Dario die Rassel schüttelt, umso größer wird
der zähflüssige Strom, der sich wie ein Brei
heißer Lava in das Becken ergießt. Der Löwe
weicht immer mehr zurück, weshalb Dario
sich aus dem Becken herauswagt, bevor die
klebrige Masse seine Füße erreicht. Er rasselt

112

weiter, denn sobald er nachlässt, macht der Löwe ein paar Schritte auf ihn zu. Vernimmt das Tier das für ihn lästige Geräusch, zieht es sich zurück. Zudem merkt Dario, dass auch das Blitzbündel nur dann leuchtet, wenn er das Musikinstrument ertönen lässt – und die goldgelbe Flüssigkeit fließt auch nur dann, wenn der Metallstab hell leuchtet! Also heißt es für Dario, kräftig rasseln, das Blitzbündel leuchten und das klebrige Zeug ins Becken fließen lassen. Was für ein Irrsinn! Er kann sich einfach nicht erklären, was das alles zu bedeuten hat — aber es ist wohl die einzige Möglichkeit, den Löwen von ihm fernzuhalten!

Es dauert nicht lange, und die Flüssigkeit im Becken droht überzulaufen. Darios linker Arm wird zunehmend kraftloser durch das ständige Rasseln. Er kann nicht mehr – Dario verlassen die Kräfte. Die Rassel fällt ihm samt Blitzbündel aus der Hand. Darauf scheint der Löwe gewartet zu haben: Er prescht nach vorne, setzt zum

Sprung über das Becken an und fliegt mit langgestrecktem Körper auf Dario zu. Der weicht aus und schlägt mit voller Kraft zu. Der kräftige Hieb der Feuerschaufel trifft den Löwen genau auf die Stirn und bringt ihn bei der Landung zum Straucheln. Er rutscht auf der Flüssigkeit aus und landet mit vier Pfoten im Becken. Bis zum Bauch versinkt er im klebrigen Nass, wütendes Gebrüll ausstoßend. Dario hebt die Schaufel zum nächsten Schlag, doch der Angriff des Monstrums bleibt aus. Der Löwe verharrt wie gelähmt in der zähen Brühe – unfähig sich zu bewegen. So sehr das Tier sich auch müht, es steckt fest. Noch gereizter hört sich nun das Brüllen des Wüstenkönigs an. Dario lässt die Schaufel sinken. Dabei huscht sein Auge über das Schaufelblatt, das nun blau zu leuchten beginnt. Schriftzeichen werden sichtbar, erst ein paar, dann immer mehr, bis ganze Sätze zu lesen sind. Die Lettern verbinden sich nach und nach zu Strophenzeilen:

114

LEO – der Löwe
Löwenmähne und sein Schweif
Verbreiten Angst und Schrecken.
Wer ihn reiten darf,
Wird die Vergangenheit zum Leben
erwecken!

Dario schaut wie gebannt auf den Reim. »Löwenmähne und Schweif verbreiten Angst und Schrecken«, wiederholt er den Beginn des Gedichts. »Das kann man wohl mit Fug und Recht behaupten!«, gesteht er sich selbst ein, »diese Bestie ist Angst einflößend! Aber welchen Sinn ergibt das Ende der Verse: Wer ihn reiten darf, wird die Vergangenheit zum Leben erwecken?«

Der in der zähen Flüssigkeit feststeckende Löwe brüllt noch immer so laut, dass Dario sich die Ohren zuhalten muss.

»Die Rassel! Als ich sie geschlagen habe, wurde der Löwe ruhiger!«

Dario legt die Schaufel beiseite und ergreift noch einmal das Instrument. Der Metallstab in Form eins Blitzes beginnt wieder einmal zu leuchten – gleichzeitig verstummt das Rufen des Löwen.

Dario hebt das sonderbare Stück auf und geht nun – mit bedächtigen Schritten – auf den gefangenen Löwen zu. In der Rechten die Rassel schwingend, in der Linken das Blitzbündel hochhaltend, nähert er sich vorsichtig dem Beckenrand. Der Löwe fletscht drohend die Zähne, schüttelt seine Mähne, aus der kleine Funken sprühen. Sein feuerroter Schwanz schlägt drohend hin und her. Nun ist Dario dem Tier so nahe gekommen, dass der Schein des leuchtenden Blitzebündels auf dessen samtfarbenes Fell fällt. Dem Löwen scheint dies nicht zu behagen, denn er versucht sich nun mit allen Kräften aus seiner misslichen Lage zu befreien. Vergeblich – er steckt fest im zähen Saft. Dario versucht, ihn mit ruhigen Worten zu besänftigen:

»Sei friedlich, Leo! Hab keine Angst!«

Darios Stimme scheint das Tier zu bändigen. Das Schlagen des Schweifes und das wilde Herumwirbeln des Kopfes hat ein plötzliches Ende.

»Ruhig, mein Freund, ich tue dir nichts!«

Die Rassel scheppert in den Ohren, der Blitz sendet noch helleres Licht in den Käfig und auf den muskulösen Körper des Wüstenkönigs.

Abb. 12: Leo, der Löwe des Jupiter

Dario traut seinen Augen kaum. Das Fell des Löwen wandelt sich: Blutrot von der breiten Nase bis zur Schwanzspitze! Über und über ist der Löwe nun mit Sternen übersät. Auf der Nase, der Stirn, den Beinen

– kurz: auf dem gesamten Körper – überall Sterne, die sich funkelnd wie Edelsteine vom roten Fell absetzen. Um den Hals des Tieres hängt ein goldenes Pektoral in Form einer Mondsichel.

»Aber ja doch! Die Vorlesung im zweiten Semester Religionsgeschichte: Rassel und Blitzbündel – Symbole des Gottes Jupiter! Und was stand als Bildunterschrift am ersten Eingangstor zu diesem Labyrinth?«

In Sekundenschnelle kramt Dario das Bild aus seinem fotografischen Gedächtnis hervor: Ehre den Löwen unter dem Schutz des Jupiter! Das muss die Lösung sein!

Dario verneigt sich tief vor dem Löwen, kniet nieder und sagt:

»Leo, ich bezeuge dir meine Ehrerbietung, edler Herrscher der Wüste, der unter dem Schutz des Jupiter steht.«

Mit traurigen Augen schaut der Löwe ihn an. Ein Windstoß fährt durch den Käfig, so heftig, dass Dario sich nur mit Mühe auf den Beinen halten kann. Es rumpelt und rauscht, Staub wird aufgewirbelt. Dario lässt

Rassel und Blitzbündel fallen und hält sich die Augen zu. Erst als das Heulen des Windes nachlässt, wagt er es, einen Blick auf den Löwen zu werfen. Der rührt sich nicht. Kein Gebrüll, kein Schlagen des Schwanzes, kein Leben mehr! Der Löwe ist zu Stein erstarrt. Auch die Flüssigkeit im Becken ist verschwunden. Dario nimmt noch einmal die beiden Utensilien zur Hand. Er rasselt und hält das Blitzbündel hoch – keine Regung. Leo ist versteinert!

Soll dies das Ende der vierten Prüfung sein? Dario verharrt auf der Stelle und lauscht. Wohl nicht, denn sonst wäre, wie zuvor, der Schlüsselmeister wie aus dem Nichts aufgetaucht. Das Ende des Gedichts! Wie lautete der letzte Vers zu Leo, dem Löwen? Wer ihn reiten darf, wird die Vergangenheit zum Leben erwecken?

Was soll ihm ein Löwe aus Stein schon anhaben können? Dario nimmt all seinen Mut zusammen und klettert auf den Rücken der Statue. Wie ein Reiter sitzt er nun hoch oben auf dem versteinerten Tier. Kaum hat er die Mähne berührt, erscheinen an den vier Ecken des Beckens vier nackte Männer, die ihre Gesichter hinter Löwenmasken verbergen. Alle tragen eine silberne Schale in den Händen, aus denen wohlriechende Dämpfe aufsteigen. Schweigend umrunden sie den steinernen Löwen, ohne Dario Beachtung zu schenken. Der bleibt reglos auf der Figur sitzen und verfolgt jede Bewegung des seltsamen Aufzugs. Wie auf ein Kommando knien sie plötzlich nieder, recken die Schalen in die Höhe und beginnen zu singen:

»Empfange die Weihrauch Opfernden, Geweihter! Empfange den Löwen, durch den wir den Weihrauch darbringen und durch den wir selbst verzehrt werden!«

Einer der Nackten winkt Dario zu. Zögerlich kommt er der Aufforderung nach und gleitet vom Rücken des versteinerten Löwen herab. Die vier Nackten mit den Löwenmasken erheben sich, nehmen Dario in ihre Mitte und schwenken die Schalen über seinem Kopf. Der würzige Duft des Weihrauchs steigt in seine Nase, benebelt ihn. Zwei der Nackten legen eine Hand auf Darios Schultern, die beiden anderen ergreifen seine Hände. Wie in einer Prozession geleiten ihn die Maskenträger gemessenen Schrittes zum Eingang des Käfigs zurück, wobei sie die Weihrauchschalen hin und her schwenken. Vom süßlichen Duft betört, lässt sich Dario von den Männern zur Käfigtür führen. Dort angekommen, stellen sie die Schalen auf dem Boden ab, knien vor Dario nieder und küssen ehrerbietig dessen Füße.

Schlurfende Schritte nähern sich durch den finsteren Gang. Ein flackerndes Licht kommt auf Dario zu. Es ist der Schlüssel-meister, der von weitem krächzt:

»Ich muss zugeben, dass ich deine Kräfte anfangs unterschätzt habe! Du hast den Löwen des Jupiter besänftigt und ihn in den Himmel geschickt, wo er nun mit den Sternen seine Bahnen ziehen wird. Du hast auch diese Aufgabe gemeistert und somit den vierten Grad eines Eingeweihten erlangt.«

11 – Das Tor des Perses

Dario folgt dem Schlüsselmeister in einen weiteren Gang. Je länger er in diesem Verlies gefangen ist, umso stärker kommt ihm das Gefühl für Raum und Zeit abhanden. Verweilt er nun erst Stunden, Tage oder gar Monate in diesem Labyrinth?

Abb. 13: Das Labyrinth

Er findet keine Antwort auf diese Frage, die in seinem Inneren brennt.

Während Dario hinter dem Alten hertrottet, wird er von einem seltsamen Gefühl übermannt. Ist es Heimweh – das Verlangen, wieder dorthin zurückzukehren, woher er kommt? Natürlich sehnt er sich zurück in sein altes Leben, nach seinen Freunden, seiner Familie – weit weg von diesem grässlich dunklen Ort. Aber irgendetwas brennt noch stärker in ihm wie ein loderndes Feuer, das ihm von innen wohlige Wärme spendet. Er hört ein Rufen, aber nicht mit seinen Ohren, sondern das Rufen seines Herzens. Es pocht und klopft, als wolle es zerspringen. Wie in Trance hört er sich sagen:

»Schlüsselmeister, warte bitte einen Augenblick! Ich höre jemanden nach mir rufen!«

Dario hält inne und lauscht. Er lauscht in sich hinein und flüstert:

»Da! Schon wieder! Jemand nennt mich bei meinem Namen. Ich höre es deutlich! Es ist die Stimme einer Frau. Sie wird immer klarer, lauter! Es ist Celeste, die mich ruft. Sie ist es, die nach mir verzehrt!«

Der Schlüsselmeister hält Dario die Öllampe vors Gesicht und grinst:

»Das Weibsstück hat dir wohl den Kopf verdreht, Auserwählter! Du solltest dich nun aber auf deine neue Aufgabe konzentrieren und nicht dem Ruf eines Mädchens folgen, auch wenn sie so schön ist, als ob Herr Mithras sie selbst geschaffen hätte! Wir müssen weiter, junger Freund!«

Mit diesen Worten dreht er sich um und humpelt durch den Gang. Dario folgt ihm, doch das Rufen Celestes will kein Ende nehmen. Ihre Stimme klingt nun nicht mehr fest und klar wie noch zu Beginn, sondern eher ängstlich flehend.

»Ich muss zu Celeste! Bring mich zu ihr!«, schreit er dem Alten hinterher. Der biegt aber, völlig unbeirrt, in einen finsteren Flur ein, der am anderen Ende von Fackeln beleuchtet wird.

Erneut stehen die beiden vor einer niedrigen Pforte aus Stein. Nachdem der Schlüsselmeister sie mit dem fünften der goldenen Schlüssel geöffnet hat, knurrt er ungehalten:

»Verwirrte Gedanken haben sich deiner bemächtigt! Doch du musst dich zwingen, deine Gefühle zu unterbinden! Der fünfte Grad der Erleuchtung besagt: Ehre Perses unter dem Schutz der Luna! Alles andere musst du selbst ergründen!«

Er zeigt mit seinem knochigen Finger auf den Durchgang. Murrend fügt sich Dario ein weiteres Mal. Doch als er die Schwelle überschritten hat, bemächtig sich seiner ein ungeahntes Glücksgefühl. Er weiß nicht wieso, aber sein Herz scheint vor Glück zu zerspringen.

Das Krachen der zufallenden Tür hinter ihm lässt Dario aufschrecken. Er dreht sich um und sieht im Schein der Fackeln, die den Gang vor ihm beleuchten, eine Inschrift. Die Buchstaben sind tief in die Rückseite der Pforte eingemeißelt. Da er einen langen Schatten auf das Geschriebene wirft, nimmt er eine Fackel aus der Wandhalterung und leuchtet die Tür von oben nach unten ab.

Dario beginnt zu lesen:

PERSES – der Perser
Der Perser ist der Dichter,
Dichtet Vers nach Vers.
Schmückt die Herzen und Paläste,
Hüllt das Geheimnis der Heiligen Celeste!

Schon wieder ein Gedicht, das mit der Lösung der neuen Aufgabe zusammenhängen muss!, stellt Dario ernüchternd fest. Doch die letzten Zeilen lassen ihn innerlich jubeln: Schmückt die Herzen und Paläste, hüllt das Geheimnis der Heiligen Celeste!
Schon beim Lesen ihres Namens wird ihm warm ums Herz! Celeste, dieses wunderbare, zarte Geschöpf, das er hier, in dieser sonderbaren Welt kennengelernt hat, soll eine Heilige sein? Eigentlich kam sie ihm sehr normal vor, eher bescheiden und zurückhaltend – aber eine Heilige hätte er in Celeste niemals vermutet! Er liest noch einmal. Kein Zweifel: Hier steht Celeste – und den gleichen Namen trägt die unbekannte Schöne in der antiken Stadt, die ihm voller

Mitleid etwas zu essen kaufte. Sie war es auch, die ihn zum Haus des Schlüsselmeisters brachte. Eigentlich ist sie daran Schuld, dass er hier unten gelandet ist! Aber nein: Celeste kann nichts dafür! Das Unheil nahm bereits vor der Mithras-Grotte auf dem Saarbrücker Halberg seinen Lauf! Sie hat ihm nur helfen wollen, brachte ihn in Sicherheit, weil er diesen verdammten Ring des Mithras trägt. Er sei des Todes, wenn die Stadtoberen ihn mit diesem Fingerreif erwischen würden, hatte sie ihn gewarnt. Celeste ist auf seiner Seite – da ist er sich ganz sicher! Und wie schön sie ist. Dario zaubert ungewollt das Bild des Mädchens aus seinem Gedächtnis: Lange schwarze Locken, die ihr bis auf die Schultern fallen. Ihre grazile Gestalt, ihr ebenmäßiges Gesicht, die feinen Züge! Er würde alles darum geben, wenn er Celeste wiedersehen könnte! So bleibt ihm nur das Bild in seiner Erinnerung, doch das ist so lebendig, als würde die junge Frau leibhaftig vor ihm stehen. Noch drei Prüfungen liegen vor ihm. Wird er sie dann wiedersehen? Dario glaubt fest daran. Er überfliegt ein letztes Mal die Reime auf der Tür und macht sich, mit der Fackel voran, auf den Weg durch den Flur.

»Der Perser ist der Dichter, dichtet Vers für Vers.«

Das sind die ersten Zeilen des Gedichts.

»Ehre Perses unter dem Schutz der Luna«, hatte ihm der Schlüsselmeister noch einmal eingebläut. Wieder so ein Satz, den keiner auf Anhieb versteht!

Während Dario über den Inhalt des Gedichtes sinniert, endet der enge Flur und er steht unvermittelt in einem quadratischen Raum, dessen Boden mit bunten Teppichen ausgelegt ist. Auf der gegenüberliegenden Seite sitzt ein Mann mit einem gelben Turban im Schneidersitz auf einem vergoldeten Thronpodest, das auf vier geschwungenen Beinen ruht. Ein Baldachin, verziert mit zahlreichen Ornamenten, schwebt wie ein künstlicher Himmel über ihm. Sein Lager ist mit dicken Kissen aus Samt und Seide gepolstert. In seiner Hand hält er einen Federkiel, mit dem er eifrig eine Pergamentrolle beschriftet. Als Dario sich ihm nähert, blickt er kurz auf und lächelt ihm milde zu: »Setz dich zu mir und leiste mir Gesellschaft!«, fordert er ihn freundlich auf. Der Schnurrbart des Mannes hüpft dabei hoch bis an beide Wangen. Dario zögert zunächst, der Einladung zu folgen, denn bislang traten ihm in diesem Verlies nur Ungeheuer oder wüste Kerle entgegen, denen er sich mit Gewalt erwehren musste. Der Mann unter dem gelben Turban scheint ganz anders: Er lächelt unentwegt, spricht mit leiser Stimme und bietet ihm einen Platz auf bequemen Polstern an.

»Bist du ein Perser?«, fragt Dario, während er sich neben dem Mann niederlässt.

»Perser durch und durch. Der Stammbaum meiner Familie reicht hinab bis zu den frühen Königen! Meine Ahnen waren alle Dichter. Sie gaben die Kunst des Reimens weiter vom Vater auf den Sohn. So bin auch

ich zum Vers-Schmied geboren und trage als
Zeichen den Turban der Dichtkunst.«

Abb. 14: Der persische Dichter

Dario mustert sein Gegenüber mit arg-
wöhnischen Blicken: Könnte dieser harmlos
wirkende Mann ihm gefährlich werden, ihn
gar angreifen? Dieser freundlich lächelnde
Kerl? Nein – gewiss nicht!
»Herr, ich bitte um Entschuldigung, dass
ich dich nun verlassen muss, aber auf mich
wartet eine neue Aufgabe!«

Dario will sich wieder erheben, doch wie von einer unsichtbaren Hand gehalten, sitzt er fest und kann das Thronpodest nicht verlassen. So sehr er sich müht, die Arme in die Polster stemmt, versucht die Beine zu bewegen – es klappt nicht! Er sitzt wie festgenagelt auf dem Thron!

»Herr, ich möchte gehen!«, gibt Dario in barschem Ton zu verstehen.

Der andere lächelt nur und sagt mit singender Stimme:

»Jeder, der mich besucht, lässt ein Gedicht zurück. Finden die Reime mein Gefallen, schreibe ich die Verse nieder auf dieses Pergament. Erst danach kann derjenige gehen.«

Dario schaut ihn entgeistert an:

»Ich soll dir ein Gedicht vortragen?«

»Nein!«, antwortet der andere, »du sollst ein eigenes Gedicht verfassen! Eine Ode an die Liebe wäre schön – oder ein Lobgesang auf die Göttin des Mondes, unter deren Schutz ich wandele. Doch wähle deine Worte wohl, denn deine Poesie muss mich zu Tränen rühren! Quillt nur das kleinste Tröpflein aus meinen Augen, bist du frei und kannst gehen!«

Dario ballt vor Wut seine Fäuste. Noch nie im Leben hat er gedichtet! Wie soll er diese Aufgabe lösen? Einen Kinderreim traut er sich zu, einen Vierzeiler sogar – aber ein ganzes Gedicht? Und dazu noch Verse, die sein Gegenüber zu Tränen rühren sollen? Mutlos lässt er die Schultern sinken. Einen wahren Gegner, stark und mächtig, den er niederringen muss, wäre ihm viel lieber! Aber einen Dichterfürsten mit Worten zum Weinen zu bewegen, das scheint ihm viel schwieriger als alle bisherigen Prüfungen!

Während er noch grübelt, schreit es wieder aus seinem Inneren. Die Rufe dringen aus der Tiefe seines Herzens, schäumen zu ihm nach oben wie die Gischt am Gestade eines Meers. Celestes Stimme ist es, die ihn durchdringt. Lieblich klingt sie, sehnsuchtsvoll. Ihre Stimme durchfließt ihn, strömt über seine Zunge, hinaus durch seinen Mund. Dario verkündet mit lauter Stimme: »Ein

Gedicht schreit auf aus meiner Brust!« Er
beginnt zu rezitieren:

Der Mond

Heute Nacht sieht der Mond mich
mit deinen Augen an
und wird mit mir in die Träume gehen,
den Himmel verlassen, an meiner Seite
stehen.
Heute Nacht,
wird er mir die Geschichte erzählen.
Du brauchtest mich dringend in deiner Nähe
und ließest mich in dein Herz blicken,
egal was ich darin sähe!
Heute bist du eine Hälfte
des Menschen
und ich die andere.
Zwei Hälften des Apfels
gehen, jede für sich,
irgendwo hin,
wirklich komischer Lebenssinn.
Die Herzenskerne haben sich vermischt.
Aber wieso?
Ich werde gleich fragen den Mond.

Der Dichter will etwas sagen, doch seine
Stimme versagt. Wie versteinert sitzt er da,

reißt sich plötzlich den Turban vom Kopf und presst ihn an seine Brust. Eine Träne tropft über seine Wange, ihr folgt eine zweite. Schließlich ergießt sich ein wahrer Tränenstrom aus seinen Augen, fließt in den Turban und füllt diesen bis zum Rand.

»Wer hat dich gelehrt, so meisterhaft zu reimen?«, will er schluchzend von Dario wissen.

»Es war mein Herz, Meister!«, gibt der zur Antwort, »es ist die Sprache der Liebe, die mir diese Worte in den Mund legte!«

»Geh, bevor du mir mit deinen Versen das Herz brichst! Geh durch die verborgene Tür hinter meinem Thron! Die Treppe hinunter zum Brunnen der Erkenntnis. Dort erwartet dich deine Liebste!«

Dario lässt sich das nicht zweimal sagen. Endlich kann er sich erheben, die Polster verlassen. Mit zwei, drei Schritten ist er an der Wand hinter dem Thron, doch eine Tür ist nicht zu sehen! Lediglich eine Rosette aus Bronze, in deren Zentrum ein blutroter

Karneol leuchtet. Dario tastet sie ab und berührt dabei den Edelstein. Wie von Zauberhand öffnet sich vor ihm ein Durchgang, breit genug, um durchzuschlüpfen. Stand er eben noch in einem hell erleuchteten, mit Teppichen ausgelegten Raum, so spürt er jetzt den nackten Steinboden unter seinen Füßen. Es riecht modrig. Schimmel bahnt sich seinen Weg von der niedrigen Decke hinunter zu den Steinfliesen. Vor ihm eine Treppe.

Dario verliert keine Zeit. Hat ihm der Dichter nicht gerade verkündet, dass seine Liebste unten auf ihn wartet?

Er eilt die roh behauenen Steinstufen hinunter und gelangt zu einem kreisrunden Becken. Doch wo ist Celeste, wo ist die Frau, zu der er sich so hingezogen fühlt? Dario konzentriert sich:

»Die Lösung muss im zweiten Teil der Verse liegen: Schmückt die Herzen und Paläste, hüllt das Geheimnis der Heiligen Celeste!«

Es kommt jemand! Er hört, dass jemand die Treppe hinunterstapft. Da er im Halbdunkel noch nicht erkennen kann, wer sich nähert, verbirgt er sich hinter einer Säule, die die Decke stützt. Sein Herz rast vor Aufregung. Ist es Celeste? Doch zu seiner großen Enttäuschung ist es nur der Dichter, der noch immer schluchzend den mit Tränen gefüllten Turban vor sich herträgt. Ohne sich um Dario zu kümmern, kniet der Poet vor dem Brunnen nieder und leert den Inhalt des Turbans in das runde Becken.

Abb. 15: Der Brunnen der Erkenntnis

136

»Ah, nun bin ich befreit von den Tränen!«, frohlockt er, setzt den gelben Turban wieder auf sein Haupt und stürzt wie von Sinnen die Treppe hinauf.

»Das Gedicht des Mondes! Ich muss es zu Papier bringen!«, hört man ihn frohlocken, bevor er die Tür zuschlägt.

Dario wagt sich nun wieder aus seinem Versteck und geht zum Brunnen. Wie ein glänzender Spiegel liegt der Tränensee des Dichters vor ihm. Glasklar und doch undurchdringlich. Dario schaut hinein und schrickt zurück. Noch einmal hält er seinen Kopf über das Bassin, doch anstatt in sein Spiegelbild zu schauen, blickt er in eine winzige Kammer mit einem Lager aus Stroh. Ein Kind ist darauf gebettet, das vor Schmerzen schreit. Die verzweifelte Mutter kniet daneben und fleht mit erhobenen Händen:

»Celeste, hilf meinem Kind. Nur du kannst meinen Jungen erretten!«

In diesem Augenblick tritt eine junge Frau in die Mitte des Zimmers und schlägt ihren blauen Schal zurück: Es ist Celeste, das

Mädchen, nach dem sich Dario so sehr sehnt! Ihre Locken fallen ihr wie schwarze Fäden aus Seide über ihre Schultern, als sie sich über das kranke Kind beugt.

»Hol Wasser!«, befiehlt sie der Mutter, die dem Wunsch sofort nachkommt und zur Küche eilt. Celeste wartet, bis die Frau den Raum verlassen hat. Sie schaut dem dahinsiechenden Jungen ins Gesicht. Der Anblick des todkranken Kindes rührt sie zu Tränen. Tropfen über Tropfen rinnen ihre Wangen herab und benetzen das Gesicht des Jungen. Der hört augenblicklich auf zu schreien, schnappt nach Luft und beginnt zu husten. Seine Mutter stürmt zur Tür herein:

»Stirbt mein Kind?«, wendet sie sich völlig verzweifelt an Celeste.

Die aber lächelt nur stumm und zeigt auf den Jungen, der sich von seiner Bettstatt erhebt, um seine Glieder zu strecken. Die Mutter reißt ihn an sich, drückt ihn an ihr Herz und ruft:

»Celeste, du hast ihn vor dem Tode bewahrt und damit ein wahres Wunder vollbracht!«

Dann fällt sie vor der Heilerin auf die Knie und betet:

»Celeste, du bist die Heilige der Armen und der Paläste. Dein Herz ist so rein wie das eines Kindes. Nur so kannst du solche Wunder bewirken! Ehre sei dir auf all deinen Wegen! Möge unser aller Herr Mithras seine schützende Hand über dich halten!«

Das Bild im Tränensee des Dichters verweht wie ein Lufthauch im Sturm. Nun glitzert Darios Spiegelbild im Rund des Brunnens.

Dario reibt sich die Augen. War das gerade echt, was er da gesehen hat? Kann Celeste mit ihren Tränen Wunder vollbringen? Hätte man Dario noch vor ein paar Tagen eine solche Geschichte erzählt, er hätte sie als Märchen abgetan. Aber nun hat er es mit eigenen Augen gesehen! Oder ist es doch ein Trugbild, das ihm die Flüssigkeit im Brunnen vorgegaukelt hat? Aber es war Celeste – da gibt es keinen Zweifel. So schön wie sie ist keine andere Frau! Sein Herz pocht immer lauter, wenn er nur an sie denkt.

Doch er stößt den Gedanken von sich: Das kann alles nicht wahr sein! All diese Ereignisse, die er in letzter Zeit durchlebt hat – das muss ein Tagtraum sein!

»Celestes Tränen machen sie zur Heiligen der Herzen und Paläste?«, fasst Dario seine Beobachtungen am Brunnen zusammen.

Kaum hat er den Satz ausgesprochen, öffnet sich hinter ihm eine Tür und aus einer dunklen Nische tritt der Schlüsselmeister hervor:

»Wie ich höre, hast du im Brunnen der Erkenntnis das Geheimnis der Celeste ergründet. Damit hast du das Mysterium der Jungfrau gelöst. Der Weg ist frei, ihr Herz zu erobern! Merke dir: Liebe ist der Schlüssel zum Glück!«

Mit einer weit ausladenden Geste bittet ihn der Alte, ihm zu folgen.

12 – Das Tor des Heliodromus

Die Müdigkeit fährt Dario wie ein Blitz in die Glieder. Er hat nun schon so lange nicht mehr geschlafen. Gähnend folgt er dem vor ihm herlaufenden Schlüsselmeister durch die gewölbten Gänge, von denen ihre Schritte als Echo widerhallen. Schon wieder muss Dario gähnen.

»Müde bist du, Auserwählter! Doch die vorletzte Prüfung steht nun an! Du wirst alle deine Sinne brauchen, um diese Hürde zu nehmen! Kannst du dich noch erinnern, was nun auf dich wartet?«

Trotz seiner Mattigkeit gelingt es Dario das sechste, und damit vorletzte Bild aus seinem Gedächtnis abzurufen:

»Ich kann mich an alle Bilder an der ersten Pforte erinnern!«, wiegelt er ab, »es war ›Heliodromus‹, der Unbesiegbare des göttlichen Lichts, der dort dargestellt war. Und darunter stand geschrieben: Ehre den Sonnenläufern unter dem Schutz der Sonne!«

»Ich bewundere dein Erinnerungsvermögen, Auserwählter!«, krächzt der Alte, bevor er ein doppelflügeliges Tor mit dem sechsten goldenen Schlüssel aufschließt.

»Tritt ein in die Gemächer von Heliodromus, in das Haus des Sonnenläufers!«

Nachdem Dario die Schwelle überschritten hat, wird er von der Farbenpracht eines orientalischen Thronsaales geblendet. Die Wände sind von der Decke bis zum Boden mit Intarsien verziert. Die Zimmerdecke gleicht einem Himmel aus leuchtenden Sternen. Edelsteine in goldenen Fassungen strahlen auf ihn nieder. Kostbare Teppiche, so weich wie Moos, sind ausgelegt. Mitten im Raum ein Becken, gefüllt mit bläulich schimmerndem Wasser. Eine hohe Kanne und ein Kochtopf stehen auf einer Herdstelle. Doch Darios Blick hängt wie hypnotisiert auf einem einzigen Ort: In einem gläsernen Behälter windet sich eine Riesenschlange mit Schuppen so weiß wie Schnee. Ihre gespaltene Zunge schießt immer wieder pfeilschnell aus dem Maul. Kaum hat das

Reptil ihn wahrgenommen, richtet es sich auf und rammt seinen breiten Schädel mit voller Wucht gegen das gläserne Gefängnis. Dabei reißt sie ihr Maul so weit auf, dass ihre beiden Giftzähne wie Dolche aus dem Rachen ragen. Dario fürchtet, dass das Glas zerspringen könnte, so wild gebärdet sich die Schlange in ihrem Terrarium. Ein schwerer Deckel aus Metall hindert die Bestie, nach oben zu entweichen. Dario, der noch nie in seinem Leben einer so riesigen Schlange begegnet ist, hält gebührenden Abstand von dem Behältnis.

Abb. 16: Saal des Heliodromus

Schnell durchquert er den Saal und hält auf einen Durchgang zu, der von schweren Vorhängen umrahmt ist. Dahinter liegt ein mit zahlreichen Bäumen angelegter Garten und wohlriechenden Blumen. In einem überdachten Vorraum, der einem geräumigen Wintergarten gleicht, sitzt eine Frau in langem Gewand. Ihre Haut glänzt silbrig wie gefrorenes Eis zur Winterzeit. Daneben hockt ein junger Mann, dessen Füße in goldenen Schuhen stecken. Beide unterhalten sich angeregt, ohne Notiz von Dario zu nehmen. Der nähert sich dem seltsamen Paar mit Vorsicht, räuspert sich zweimal, um ihre Aufmerksamkeit zu erhaschen. Erst jetzt unterbrechen die beiden Sitzenden ihre Unterredung und schauen ihn verwundert an:

»Was ist dein Begehr, Fremdling?«, schnauzt ihn der Mann im goldenen Schuhwerk ungehalten an, »merkst du nicht, dass du uns bei einem Disput über die Dichtkunst störst?«

Dario verbeugt sich höflich und antwortet:

»Herr, dann komme ich gerade zur rechten Zeit! Der persische Dichter schickt mich – mit besten Empfehlungen.«

Dario verbeugt sich noch einmal tief vor dem Paar. Er ist sich selbst nicht sicher, ob es klug war, sich als Gesandten des persischen Dichters auszugegeben, aber in der Not fiel ihm nichts Besseres ein.

Der Mann mit den goldenen Schuhen fixiert ihn, wie die Schlange ihre Beute. Die Frau dagegen lächelt und sagt:

»Vom persischen Dichter kommst du also! Sag an, schreibt er noch immer alle Gedichte auf, die ihn zu Tränen rühren?«

Dario nickt.

»Dann bist also auch du ein Meister der Dichtkunst?«, will der Mann auf dem Stuhl wissen.

Dario schaut verlegen unter sich:

»Ein Meisterdichter mitnichten – aber ein Freund wohlgewählter Worte!«

»Und dennoch behauptest du, dass dich der persische Dichter schickt?«

Die Frage der Dame im langen Gewand klingt provokativ.

»Ich komme von ihm, dem Dichter mit dem gelben Turban«, bekennt Dario nun mit fester Stimme.

Das Pärchen schaut sich an und nickt zufrieden.

»Du scheinst ihn in der Tat zu kennen, den turbantragenden Dichterfürsten. Dann bist du also derjenige, dessen Ankunft er uns schon vor hundert Jahren angekündigt hat!«, stellt der Mann mit den goldenen Schuhen freudestrahlend fest.

Dario weiß nicht, was er antworten soll. Der persische Dichter hat nichts darüber verlauten lassen. Er braucht auch nicht zu antworten, denn sein Gegenüber redet weiter:

»Siehst du die weiße Schlange dort im gläsernen Käfig?«

»Herr, sie ist mir sofort ins Auge gesprungen, als ich den Saal betreten habe. Ein furchterregendes Monstrum!«

»Das ist es fürwahr!«, meldet sich die Silberhäutige zu Wort, »wir wagen es nicht, uns dem Gefängnis des Untiers zu nähern, geschweige den Deckel abzuheben. Es würde uns sofort seine giftigen Zähne ins Fleisch schlagen!«

»Aber Herrin, wozu solltet ihr den Deckel öffnen? Lasst doch die Schlange dort, wo sie ist! Da ist sie gut und sicher aufgehoben!«, beschwichtigt Dario.

Da springt der Mann mit den goldenen Schuhen von seinem Sitz und brüllt:

»Deinem Herrn, dem persischen Dichter, haben wir das zu verdanken! Er hat uns die Giftschlange als ›besonderes‹ Geschenk geschickt. Am Boden ihres gläsernen Käfigs liegt eine Botschaft, die mir, dem Heliodromus, das Geheimnis meiner Herkunft offenbaren soll. Doch dein persischer Gebieter zog es vor, sein Wissen über meine Abstammung, die er aus dem Brunnen der Erkenntnis schöpfte, in einen Vierzeiler zu gießen. Das Pergament mit dem Reim bewacht nun diese weiße Giftspritze in ihrem gläsernen Gefängnis. Bislang wurde jeder, der den Deckel hob, von der Mörderschlange dahingerafft!«

Dario schaut noch einmal hinüber zu dem Reptil, das jede seiner Bewegungen mit seinen bernsteinfarbenen Augen verfolgt. Ihn schaudert, denn er konnte Schlangen noch nie ausstehen!

»Aber was habe ich mit dem Untier zu schaffen, Heliodromus?«, hakt Dario nach.

»Was du damit zu schaffen hast?«, echauffiert sich der Mann mit den goldenen Schuhen, »es ist nun an dir, mir das Mysterium meiner Herkunft offenzulegen! Und die Lösung hat der persische Dichter in Form eines Gedichtes auf das Pergament gekritzelt, das du als dessen Gesandter nun vom Grund des gläsernen Käfigs fischen musst. Das ist die Aufgabe, die nur ein Auserwählter lösen kann!«

Dario bricht der Schweiß aus. Er soll der aggressiven Giftschlange ein beschriebenes Blatt entreißen? Allein der Gedanke, diese Schlange berühren zu müssen, lässt seine Haare zu Berge stehen!

»Rufe nach uns, wenn du das Geheimnis meiner Herkunft gelüftet hast!«

148

Nach diesen Worten verlässt Heliodromus mit der Silberhäutigen den Saal durch eine Seitentür, die durch einen Vorhang verdeckt wird.

Dario ist wieder einmal auf sich alleine gestellt. Seine bleierne Müdigkeit ist längst verflogen. Er muss die weiße Schlange, vor allem aber ihr gläsernes Gefängnis aus der Nähe untersuchen. Doch näher als einen halben Meter traut er sich nicht an das durchsichtige Behältnis heran. Je näher er kommt, umso wütender reagiert die Schlange. Sie bäumt sich auf, kracht mit dem Schädel gegen den Deckel, um im nächsten Augenblick mit dem Kopf nach vorne zu stoßen. Die spitzen Zähne pressen sich gegen die Scheibe. Zähflüssiges Gift hinterlässt auf dem Glas schleimige Spuren. Das Tier muss zuerst gebändigt werden, bevor man das Gefäß öffnen kann! Aber wie?

Dario muss eine Lösung finden! Um seine Gedanken zu ordnen, entschließt er sich zu einem Rundgang durch den nahegelegenen

Garten, der von einer unüberwindlichen Mauer umgeben ist. Er bestaunt die wohlgeordneten Beete und den geraden Wuchs der Bäume, die sich zu einem harmonischen Ganzen zusammenfügen. Die frische Luft und die Blütenpracht beleben seine Geister. Tief atmet er ein. Nach der stickigen Luft im Labyrinth eine Wohltat! Auf einer Parkbank aus weißem Marmor nimmt er Platz und schaut hinauf in den Wipfel eines Baumes. Dort glänzt etwas im Sonnenlicht. Dario erhebt sich und schaut nach: Ein einzelner goldener Apfel hängt an einem Zweig. Der sieht ja aus wie derjenige, den ihm jüngst Nymphus überreichte. Er muss ihn haben! Dario klettert am Stamm hinauf und hangelt sich über einen der ausladenden Äste. Der Apfel ist nun in seiner Reichweite. Dario streckt seine Hand aus, greift nach der güldenen Frucht. Kaum hat er ihn berührt, verliert er den Halt. Verzweifelt versucht er, nach einem Ast zu greifen, doch wo sind seine Arme, seine Hände? Dario stürzt durch das Geäst hinunter auf den

Boden. Der Aufprall war heftig. Dario will seine Glieder abtasten, fühlen, ob nichts gebrochen ist. Doch wo sind seine Arme, wo seine Hände? Sein Körper sieht aus wie ein gelb-schwarz gemusterter Schlauch! Was ist geschehen? Dario will schreien, doch aus seinem Mund ertönt nur ein bedrohliches Zischen.

»Ich bin eine Schlange!«

Er schaut noch einmal an sich herunter bis zur Spitze eines Schwanzes.

»Der goldene Apfel – diese verdammte Frucht! Sie muss mich verwandelt haben, als ich sie berührt habe!«

Erst jetzt wird ihm klar, wo er sich befindet: Religionsgeschichte – erstes Semester – das Paradies – der Baum der Erkenntnis! Das muss der Apfel sein, den Eva ihrem Adam gereicht hat! »Baum der Erkenntnis – darauf kann ich jetzt verzichten! Die Erkenntnis kommt zu spät!«

Wie erhalte ich meine alte Gestalt zurück? Vielleicht finde ich im Saal einen Hinweis? Dario kriecht durch den Garten zurück in den Raum, in dem die gefangene Schlange weilt. Vor dem gläsernen Behältnis stemmt er sich in die Höhe. Es ist kinderleicht, stellt er zu seiner Überraschung fest. Als Schlange schnellt man sehr schnell nach oben. Auch das Reptil im Gefäß bäumt sich auf und schaut ihn mit wehmutsvollem Blick an. Dario züngelt und verspürt einen lieblichen Wohlgeruch, der durch das Glas hindurch auf seiner Zunge zerrinnt. Diesen betörenden Duft auf seiner Schlangenzunge hatte er als Mensch auch schon einmal in seiner Nase. Celeste! Ein lieblicher Wohlgeruch wie ein Meer aus Blumen. So duftet nur eine: Seine Celeste!

Die Schlange im Glas beginnt verzweifelt gegen den Deckel zu stoßen. Dario spürt, dass er sie befreien muss. Er kriecht nach oben, windet seinen Schwanz, fast den gesamten Körper, um den Griff des Deckels und beginnt mit Leibeskräften zu ziehen. Von innen kracht der Kopf der gefangenen Schlange gegen den Verschluss, während er ihn mit Ungestüm zu heben versucht. Es dauert eine Weile bis beide mit vereinten Kräften den Deckel ein Stück verschieben können. Die Schlange im Behältnis quetscht ihren Kopf durch die Öffnung und schiebt in Windeseile ihren Körper nach. Endlich frei! Sie zischt und windet sich vor Freude. Doch nur kurz! Schon ist sie auf dem Weg in den Garten. Dario kriecht ihr hinterher. Vor dem Apfelbaum hält sie an und schlängelt sich den Stamm hinauf, klettert über den Ast zur goldenen Frucht. Sie reißt ihr Maul auf und pflückt den Apfel, um ihn sogleich vor Dario auf den Boden zu legen. Der weiß zunächst nicht, was zu tun ist, doch als ihm die Schlange andeutet, dass auch er in den Apfel beißen soll, kommt er diesem Wunsch nach. Beide beißen gleichzeitig in den goldenen Apfel. Dario verspürt zunächst ein seltsames Kribbeln, dann einen stechenden Schmerz, der sich schon bald in ein wohliges Gefühl ändert. Er ist zurück in seinem Körper! Wieder Mensch! Doch er ist nackt – vollkommen nackt! Und ihm gegenüber steht Celeste. Auch sie ist unbekleidet.

Ist das wieder einer seiner Tagträume? Sie lächelt ihm zu. Ihre schwarzen Locken fallen hinunter bis zu ihrem Busen, den sie zart umspielen.

»Wie schön sie ist!«, schwärmt Dario insgeheim und will seine Hand nach ihr ausstrecken, sie berühren. Doch in diesem Augenblick verweht Celeste wie Rauch im Wind. Zurück bleibt nur das Schuppenkleid der weißen Schlange.

»Also doch nur ein Traum!«, gesteht sich Dario ein. Die Haut der weißen Schlange aber, schwingt er sich wie einen Gürtel um die Hüften. Erst dann legt er seine Kleidung an, die verstreut unter dem Apfelbaum liegt.

Auch wenn er seine Celeste all zu gerne in die Arme geschlossen hätte, gewinnt Dario schnell seine Fassung wieder. Zurück zum Saal – der Weg ist frei! Er hastet zu dem gläsernen Behälter, tastet den Boden ab – und wird fündig: Ein Stück Pergament! Darauf steht geschrieben:

HELIODROMUS – der Sonnenläufer
Welche seine Wege sind,
Wer ihn geboren hat,
Und wer ist sein Kind,
Weiß nur die Nacht!

Dario versucht, den Sinn der Verse zu ergründen: Der Sonnenläufer ist Heliodromus, der Mann mit den goldenen Schuhen – das steht fest! Die Sonne nimmt ihren täglichen Lauf von Ost nach West. Dario kommt eine Idee. Er läuft hinüber zum Seiteneingang, zieht den Vorhang zur Seite und ruft in das dunkle Nichts:

»Heliodromus, zeige dich! Ich habe die Verse des persischen Dichters in der Hand und kenne nun das Geheimnis deiner Geburt!«

Es dauert nur einen Wimpernschlag, und der Mann mit den goldenen Schuhen erscheint.

»Du hast die Lösung? Sprich!«

Dario breitet die Pergamentrolle noch einmal aus und liest ihm den Vierzeiler vor.

»Du bist Sol invictus, der unbesiegte Sonnengott. Du läufst mit deinen goldenen Schuhen das Firmament von Ost nach West ab und spendest uns Menschen Licht und Wärme.«

Heliodromus lächelt befriedigt: »Ja, das ist meine Aufgabe – der Sinn meines göttlichen Daseins!«

»Nun ist es bereits Nacht geworden!«, stellt Dario mit einem Blick hinaus in den dunklen Garten fest, »du kannst dich nun also ausruhen, bis du am Morgen wieder mit deinen goldenen Schuhen den Himmel durchstreifen musst.«

Heliodromus nickt: »So ist es!«

»Wo aber ist die silberhäutige Dame, die dir heute Nachmittag Gesellschaft geleistet hat? Wollte sie nicht mitkommen, um das Geheimnis deiner Geburt zu erfahren?«

Der Sonnenläufer zögert mit einer Antwort. Dann gibt er kleinlaut zu verstehen:

»Sie muss nun das Werk der Nacht verrichten, während ich hier ausruhe.«

Dario triumphiert:

»Heliodromus, edler Sonnenspender, geboren wirst du von ihr, der silbrigen Nacht. Wenn sie am frühen Morgen vergeht, gebiert sie dich. Du bist die Sonne und doch der Sohn der Nacht, die den Mond in silbrigem Glanz erstrahlen lässt!«

Dario übergibt das Pergament dem Mann in den goldenen Schuhen. Der liest das Gedicht noch einmal laut vor, verbeugt sich anschließend vor Dario und geleitet ihn zur Tür:

»Ich danke dir für des Rätsels Lösung! Der Schlüsselmeister erwartet dich schon! Mein Bruder Mithras konnte keine bessere Wahl treffen! Die Sonne wird fortan deine Wege erleuchten.«

13 – Die Braut des Windes

»Was verbirgst du da unter deinem Gewand, Auserwählter?«, will der Schlüsselmeister wissen. »Auch wenn meine Augen schon viele Tage gesehen haben, so erkenne ich trotz des spärlichen Lichts, dass du etwas vor mir verbergen willst.«

Dario fühlt sich ertappt und läuft rot an.

»Es ist nichts Besonderes. Nur die abgeworfene Haut einer weißen Schlange.«

»Eine weiße Schlange? Hat sie dich gebissen?«

Dario schüttelt den Kopf und lacht:

»Keine Angst! Sie ist das lieblichste Geschöpf dieser Welt. So sanft und wunderschön!«

»Der Besuch bei Heliodromus muss dir die Sinne verwirrt haben!«, krächzt der Alte, »bist du sicher, dass sie dir kein Gift in die Adern gespritzt hat? Eine sanfte Schlange von großer Schönheit – so ein Unsinn! Von diesem Gewürm halte ich mich fern!«

»Ich trage die Schlangenhaut unter dem Gewand wie einen Leibgurt, denn sie erinnert mich bei jeder Bewegung an das holdeste Geschöpf dieser Welt!«

Der Schlüsselmeister schüttelt ungläubig den Kopf, hebt die Lampe und drängt zur Eile:

»Die letzte Prüfung ist die schwerste! Schon bald wirst du vor dem Pater stehen, dem Vater unseres Tempels. Nur er kann entscheiden, ob du würdig bist, die letzte Weihung zu erhalten!«

Der Gang endet an einer Mauer aus sorgfältig behauenen Quadern, die sich mindestens acht Meter hoch übereinandertürmen. Ein wuchtiges und von Efeu überwuchertes Portal führt in ein umschlossenes Areal.

Beim Näherkommen staunt Dario nicht schlecht, denn das gesamte Mauerwerk schimmert in Regenbogenfarben.

»Diese Wälle wurden einst aus Perlmutt gefertigt. Der Durchgang führt direkt in den heiligsten Bezirk unserer Gemeinschaft.«

Dario schaut den Alten verwundert an:

»Der Durchlass durch die hohe Mauer ist doch sperrangelweit offen. Ich kann hindurchsehen bis hinüber zu einer weiteren Tür! Also kann ein jeder ohne deine Dienste in das Allerheiligste eindringen?«, wundert er sich.

Abb. 17: Das Portal des Himmels

Der Schlüsselmeister lacht verschmitzt:
»Ja, hindurchsehen kannst ein jeder, aber nicht hindurchgehen! Niemand kann die Schwelle ohne meinen Schlüssel übertreten!«
Dario glaubt dem Alten kein Wort.

»Schau, wie ich dieses vermeintlich unpassierbare Hindernis überquere!«

Er nimmt Anlauf und spurtet los. Schon hat er die ersten Aufleger des Mauerwerks erreicht, setzt zum Sprung an, um mit einem Riesensatz durch den Torbogen zu fliegen. Dario kracht mit voller Wucht gegen eine unsichtbare Wand, prallt von ihr ab und fällt rücklings zur Erde.

Hinter sich hört er den Schlüsselmeister kichern:

»Habe ich dich nicht gewarnt? Dies ist eine ganz besondere Tür! Unsichtbar ist sie – und du brauchst den himmlischen Schlüssel, um sie zu öffnen.«

Dario klopft sich den Staub aus den Kleidern und betastet seine Nase:

»Verdammt, sie blutet!«, flucht er. »Das hättest du mir gleich sagen können, alter Mann!«

»Du wolltest nicht auf mich hören«, antwortet der Greis, »also habe ich dich deine eigene Erfahrung machen lassen! Vielleicht nimmst du in Zukunft die Lehren eines Älteren freudiger an als bisher!«

Nachdem Dario seine Nase abgetupft hat, wendet er sich erneut an den Schlüsselmeister – dieses Mal allerdings in wesentlich freundlicherem Ton:

»Dann bitte ich dich hiermit, das Tor des Himmels zu öffnen, werter Schlüsselverwahrer!«

Der Alte fasst sich an den Bart und grübelt:

»Das würde ich gerne tun, aber ich vergaß, dir zu sagen, dass ich den himmlischen Schlüssel verloren habe! Wenn ich bloß wüsste wo? Einst hing er an meinem Schlüsselbund. Doch eines Tages war er verschwunden. Ich habe rund um das Tor alles abgesucht – vergebens! Danach bin ich die Gänge des Labyrinths abgelaufen – wieder nichts! Der himmlische Schlüssel ist seit jenem Tag verschwunden.«

Plötzlich erhellt sich die Miene des Schlüsselmeisters:

»Wie wäre es, wenn du dich auf die Suche nach dem Schlüssel machst? Deine Augen sind schärfer als die meinigen! Findest du ihn, können wir gemeinsam das Allerheiligste aufsuchen. Dort erwartet dich schon sehnlichst der Pater!«

Dario traut seinen Ohren nicht:

»Ich soll den himmlischen Schlüssel finden, um das unsichtbare Tor des Himmels zu öffnen?«

Der Alte nickt: »Wenn ihn jemand findet – dann du! Denn du bist der Auserwählte, der bereits sechs von sieben Prüfungen gemeistert hat. Ich warte hier solange bis du zurückkehrst.«

Nach seinen Worten macht es sich der Schlüsselmeister im Schatten der Perlmutt-Mauer bequem und beginnt zu dösen.

»Verdammt! Wo soll ich die Suche nach dem himmlischen Schlüssel aufnehmen?«, fragt sich Dario. Er hastet die Mauer entlang, nach Westen. Mit den Augen sucht er den Boden ab – doch nichts außer Sand und Staub! Er läuft und läuft. Die Perlmutt-Mauer will kein Ende finden! Erschöpft gibt er auf und macht sich mit schweren Beinen auf den Rückweg. Nach Stunden steht er wieder vor dem Tor des Himmels. Der Schlüsselmeister ruht noch immer im Schatten des Bauwerks. Dario rüttelt und schüttelt ihn, doch der Alte schläft weiter. Darios Kehle ist von der langen Wanderung ausgetrocknet. Der Durst übermannt ihn, doch nirgendwo ist eine Quelle oder ein Brunnen. Also macht sich Dario auf die Suche in die entgegengesetzte Richtung – nach Osten. Er schleppt sich entlang der Mauer, deren Perlmuttglanz er nun gar nicht mehr wahrnimmt. Auch die Ausschau nach einem Schlüssel gerät ins Hintertreffen. Ihm steht nur eins im Sinn: Wasser! Darios Zunge klebt am Gaumen, scheint so angeschwollen zu sein, dass ihm schon das Atmen schwerfällt. Nach ein paar Schritten strauchelt Dario und fällt auf die Knie. Die Mauer zu seiner Rechten will auch in östlicher Richtung kein Ende nehmen! Der Rückweg ist zu weit. Dario kriecht auf allen vieren weiter.

164

»Wasser!«, bettelt er mit erstickter Stimme, bevor er zusammenbricht.

Dario weiß nicht, wie lange er, auf dem Rücken liegend, Staub eingeatmet hat. Sein Mund ist voll damit. Sandkörner in allen Poren! Als er zu sich kommt, spürt er etwas auf seinem Brustkorb sitzen. Doch er ist zu schwach, um die Augen zu öffnen. Etwas berührt ihn, fährt ihm zärtlich durchs Haar.

»Trink, Auserwählter! Koste den Saft des Windes!«, haucht eine elfengleiche Stimme und führt ihm einen Trinkschlauch an den Mund.

Dario saugt die honigsüße Flüssigkeit aus dem Behältnis und spürt, wie sich nach und nach seine Kräfte sammeln. Die Taubheit seiner Zunge schwindet, ebenso die Schwere der Lider. Dario schlägt die Augen auf und blickt in die verführerischen Augen einer Frau mit Lippen so rot wie Rosen. Ihre blonden Haare wehen wild im Wüstenwind.

»Du hattest Glück, dass ich dich hier gefunden habe, Jüngling!«, flüstert sie Dario ins Ohr, »ohne den Saft des Windes wärst du verdurstet!«

Dario trinkt noch einmal aus dem Schlauch. Jeder Schluck des köstlichen Getränks lässt ihn zu Kräften kommen.

»Wie heißt du, schöne Frau?«, will er von seiner Retterin wissen.

»Aello nennt man mich – Aello, die Braut des Windes!«

Dario hat diesen Namen schon einmal gehört – aber wo und wann? Doch sein fotografisches Gedächtnis arbeitet schon wieder. Vor seinem inneren Auge erscheint das Abbild der Aello. Vorlesung – drittes Semester – die Mythen der Griechen: Aello, die Windsbraut – eine Harpyie! Ein geflügeltes Mischwesen mit dem Körper eines Raubvogels, bekrönt von einem hübschen Frauenkopf!

Dario schießt das Blut durch die Adern. Er richtet sich auf und schaut in das Gesicht der schönen Frau. Seine Augen gleiten ihren Körper hinab: Ihr Haupt sitzt auf dem Körper eines riesigen Raubvogels mit krallenbewehrten Beinen und mächtigen Flügeln.

»Schau nicht so erschrocken!«, säuselt sie entschuldigend, »glaube nicht alles, was man über mich erzählt! Meine Gestalt mag euch Menschen zwar seltsam erscheinen, weshalb ihr mir in eurer Fantasie Boshaftigkeit andichtet – aber sei versichert, ich habe Empfindungen wie du auch!«

Nachdem Dario die Fassung wiedergewonnen hat, wagt er es, die Harpyie anzusprechen:

»Ich danke dir für meine Rettung, Aello! Ohne deinen Beistand wäre meine Reise wohl an dieser Stelle elendiglich geendet. Darf ich dich ein erneutes Mal um deine Hilfe bitten?«

Die Vogelfrau schaut ihn mit ihren großen Augen an:

»Du erbittest Hilfe – von mir, einer Harpyie, vor der sich die Menschen fürchten wie vor dem Tod?«

»Ja, edle Aello! Hilf mir bitte bei der Suche nach dem Schlüssel für das Tor des Himmels. Der Schlüsselmeister hat ihn irgendwo hier in der Nähe der Perlmutt-Mauer verloren. Ohne den himmlischen Schlüssel kann kein Mensch das Tor passieren. Doch ich muss hinein ins Allerheiligste, um den Pater aufzusuchen und die letzte Aufgabe zu lösen. Erst dann kann ich zurück zu meiner Celeste!«

Das Vogelwesen beginnt aufgeregt von einem Bein auf das andere zu hüpfen:

»Du bist also schon vergeben? Celeste heißt deine Angebetete?«

Wütend scharrt sie mit den Krallen im Sand.

»Aello, beruhige dich doch! Wäre ich ein Vogelmensch wie du, könntest du mir gefallen! Du bist wunderschön, aber doch leider ein halber Vogel und ich ein Mensch.« Zärtlich streichelt er ihr über das Haar. Mit traurigen Augen schaut ihn die Harpyie an, doch dann beginnt sie zu lächeln:

»Du bist ein guter Mensch! Ich helfe dir. Der Schlüsselmeister hat also mal wieder nicht aufgepasst und den Schlüssel zur Himmelspforte verschludert! Wie schon einmal vor einhundert Jahren! Ich erinnere mich genau, wo wir ihn damals gefunden haben. Ein wundersamer Jüngling namens Mithras war damals auf der Suche nach dem Schlüssel – genau wie du heute. Wir müssen auf die andere Seite der Perlmutt-Mauer!«

»Das geht nicht, Aello, wie soll ich hinüberkommen? Die Mauer ist viel zu hoch! Und durch das Tor kommt kein Mensch! Ich habe es schon versucht.«

»Du hast Recht, Auserwählter, durch das Tor kommt kein Mensch, aber über die Perlmutt-Mauer eine Harpyie!«

Das Vogelwesen breitet seine riesigen Flügeln aus:

»Steig auf meinen Rücken und halte dich gut fest!«

Dario packt eine der kräftigen Federn und zieht sich nach oben. Dann schlingt er seine Arme um den Hals der Harpyie.

»Drück nicht so fest, sonst bekomme ich beim Fliegen keine Luft!«, witzelt die Vogelfrau, »aber deine Wangen darfst du an meine legen. Es ist schön, einen Menschen so nah zu spüren!«

Dann schlägt sie mit den Flügeln. Mit kräftigen Stößen erhebt sich die Vogelfrau in die Lüfte. Wie ein Pfeil schießen sie dahin. Sie schreit vor Vergnügen, während Dario alle Mühe hat, nicht herunterzufallen. Ein warmer Wind greift ihr unter die ausgebreiteten Schwingen und trägt sie davon:

»Schau, da unten ist das Tor des Himmels!«

»Es sieht so winzig aus von hier oben!«, stellt Dario fest.

Sie überfliegen die Perlmutt-Mauer und kreisen über einem weitläufigen Geviert mit zahlreichen prachtvollen Bauwerken. Im Sturzflug geht es hinunter zur Erde. Die Vogelfrau hält genau auf das Portal zu. Dario klammert sich fest und schließt seine Augen. Jeden Augenblick erwartet er einen Aufprall – zumindest eine unsanfte Landung. Doch nichts dergleichen! Aello schwebt herab, lautlos wie ein Adler. Ihre scharfen Krallen bohren sich in den Sand.

»Wir sind am Tor des Himmels angekommen!«, verkündet sie voller Stolz, »du stehst
nun auf der Innenseite des Portals.«

Dario staunt nicht schlecht, als er vom
Rücken des Mischwesens rutscht:

»Das Tor ist ja aus Gold – und von hier aus
kann man nicht nach draußen schauen. Seltsam! Von draußen konnte ich durch den
Eingang hindurch alles beobachten, was hier
drin vor sich ging. Es war, als gäbe es gar
kein Tor.«

Die Harpyie lacht:

»Mauern aus Perlmutt, glatt wie Eis, und ein
unsichtbares Tor – die Ahnen haben das
Allerheiligste vor Eindringlingen gut
geschützt!«

»Eigentlich brauche ich den Schlüssel nun
gar nicht mehr!«, stellt Dario fest, »doch der
Alte vor dem Tor wollte mich zum Pater
begleiten. Lass uns also nach dem himmlischen Schlüssel suchen, um ihm das Tor
aufzuschließen.«

Die Harpyie zeigt mit ihrem Flügel auf das
Portal:

»Du brauchst nicht lange zu suchen. Kontrolliere das Schlüsselloch!«

Dario folgt dem Rat des Vogelweibs und untersucht die Stelle.

»Hier steckt ein funkelnder Schlüssel im Schloss!«

»Das ist der himmlische Schlüssel! Er wurde aus einem Diamanten angefertigt, deshalb glänzt und funkelt er in der Sonne!«, jubelt Aello, »der alte Tölpel hat den Schlüssel also wieder einmal im Schloss stecken lassen und das Tor hinter sich zugeschlagen, wie damals vor einhundert Jahren!«

Dario dreht den Schlüssel sieben Mal. Es knackt bei jeder Drehung und am Ende springt das Tor auf. Der Schlüsselmeister steht schon freudestrahlend vor der Pforte und krächzt:

»Da ist ja der himmlische Schlüssel! Wie konnte ich ihn nur verlieren?«

Mit geübten Griffen verschließt er das Portal, verriegelt den Eingang und hängt den diamantenen Türöffner an seinen Schlüsselbund.

»Lass uns gehen! Der Pater wartet!«

Doch Dario hält ihn zurück:

»Erst muss ich Aello, der Braut des Windes, für ihre Hilfe danken. Ohne sie hätte ich den himmlischen Schlüssel nie gefunden!«

Doch die Harpyie ist schon längst auf und davon – getragen vom Wind, der sie in die Lüfte hebt.

14 – Das Tor des Paters

Der Schlüsselmeister führt Dario zu einem doppelstöckigen Gebäude, dessen Arkaden auf sieben Säulen ruhen. Von der oberen Balustrade schaut ein Mann auf sie herab.

Abb. 18: Das Haus der Spiegel

Der Schlüsselmeister verneigt sich tief und gibt Dario ein Zeichen, es ihm gleich zu tun. Mit einer würdevollen Handbewegung bittet sie der Mann auf der Brüstung nach oben. Sie treten durch eine Tür in einen Saal, an dessen Wände tausende von Spiegeln hängen. Kleine neben großen, einige mit ornamentalen Rahmen wie bei Gemälden, andere mit schlichten Einfassungen. Wo man auch hinschaut, man blickt immer in sein eigenes Spiegelbild. Es geht die Treppe hinauf zur zweiten Etage. Auch hier, Spiegel über Spiegel! Beim Vorübergehen bemerkt Dario, dass sein Abbild sich in jedem Spiegel ändert. Schaut er im ersten in ein sehr junges Gesicht, so ist sein Antlitz im benachbarten Spiegel schon wesentlich gealtert und voller Falten. Gerde sieht er sich als Kleinkind, im nächsten Moment als Greis, dann wieder in der Blüte seines Lebens, um gleich darauf in die Augen eines Sterbenden zu blicken. Der Schlüsselmeister zieht ihn hinaus auf die Balustrade. Dario ist heilfroh, nicht mehr in Spiegel schauen zu müssen.

Ein Mann mit gütigen Gesichtszügen sitzt dort auf einem Sessel mit hoher Lehne. Er mustert Dario von Kopf bis Fuß. Der wagt es nicht, das erste Wort zu ergreifen, sondern grüßt nur stumm. »Du bist also derjenige, den man zu mir schickt, um das Licht in die Welt zu tragen?«, richtet der Sitzende sich an Dario.

Der antwortet: »Herr, wenn du der Pater bist, dann bin ich in der Tat derjenige, den man zu dir gesandt hat.«

Sein Gegenüber lächelt milde:

»Du bist der Auserwählte unseres Herrn Mithras. Dich hat er auserkoren, die sieben Prüfungen auf sich zu nehmen. Ich habe lange auf dich gewartet – hundert Jahre schon! Nun bist du endlich vor mir erschienen. Nimm also diese Schriftrolle und lies laut vor!«

Der Mann übergibt Dario das Schriftstück. Der rollt das Pergament auseinander und trägt den Inhalt mit kräftiger Stimme vor:

PATER – der Vater
Viele Kinder hat er gezeugt,
Viele Köpfe sind vor ihm gebeugt,
Alle Rätsel kennt nur er,
Sein Zuhause ist das endlose Meer!

Dario wiederholt den Reim ein zweites Mal. Schon wieder so ein rätselhaftes Gedicht!

»Es geht also um den Pater, den Vater, der viele Kinder gezeugt hat«, fasst er den Inhalt der ersten beiden Zeilen zusammen, »seine Nachkommen ehren ihn, indem sie sich vor ihm verneigen. So weit kann ich dem Gedicht folgen, doch die Deutung der zweiten Hälfte ist mir noch unklar! Dieser Vater kennt die Lösungen aller Rätsel und er scheint im Meer zu hausen. Dann kannst du also nicht der Pater sein – es muss noch einen anderen geben!«

Der Mann im Lehnstuhl lächelt:

»Dein Scharfsinn ist bestechend! Ich, der Spiegelhüter, bin nur der Überbringer dieser Botschaft. Mach dich also auf die Suche nach dem wahren Vater und kehre zurück, wenn du fündig geworden bist!«

Dario verliert keine Zeit. Er hastet zurück in den Saal, vermeidet dabei in die Spiegel zu schauen. Auch auf der Treppe senkt er seinen Blick zu Boden. Zu unheimlich sind ihm die vielfältigen Facetten seines eigenen Abbilds! Im Untergeschoss angekommen, will er zur Tür hinaus – doch wo eben noch der Eingang war, hängt nun ein türgroßer Spiegel! Dario schaut in sein Ebenbild, betrachtet sich von Kopf bis Fuß. Seltsam fremd kommt er sich vor in dieser ungewöhnlichen Tracht mit der Phryger-Mütze auf dem Kopf, dem buntbestickten Gewand und in gamaschenartigen Hosen. Ist das wirklich er? Der gleiche Dario, der er in Saarbrücken war? Oder ist da ein ganz anderer, der in seine alte Haut geschlüpft ist? Je näher er dem Spiegel kommt, desto kleiner wird sein Spiegelbild – ein wahrer Gnom! Geht er zurück, wird es größer und verwandelt ihn in einen Hünen.

Dario macht sich einen Spaß daraus: vor und zurück – jetzt ein Spiegelzwerg, im nächsten Moment ein Spiegelriese. Nun noch einmal vor, doch der Zwerg kommt ins Stolpern, stürzt in den Spiegel. Schützend hält er die Hände vor die Augen. Doch kein Zersplittern und Zerbrechen, sondern Dunkelheit umfängt ihn, als er die Augen wieder öffnet. Dario tastet sich vor, doch er kommt nicht weit. Er stößt an etwas Weiches. Noch einmal befühlt er das Hindernis mit seinen Händen. Weich und warm fühlt es sich an, an manchen Stellen etwas rauer. Aber nirgendwo ist ein Ausgang zu finden. Plötzlich grelles Licht! Er wird geblendet und sieht im ersten Augenblick gar nichts mehr. Nachdem sich Darios Augen an die Helligkeit gewöhnt haben, bemerkt er ein übergroßes Augenpaar, das ihn neugierig betrachtet. Die Nase, die Stirn, die Haare — alles übergroß! Und er sitzt auf einer Hand, breit wie ein See!

»Du bist aber ein süßer Winzling!«, donnert eine Stimme aus einem riesigen Mund, »wo kommst du denn her, mein Kleiner?«

Der Finger einer zweiten Hand schubst ihn herum, dass Dario wie ein Spielball über die Handfläche purzelt. Das muss ein Trugbild sein, ein Traum: Er sitzt auf der Hand eines Riesen! Dario schaut an sich herunter. Nein, er ist genau so groß wie immer, nur sein Gegenüber ist von immensem Wuchs!

»Heda! Riese!«, schnauzt er ihn an, »sei gefälligst nicht so grob zu mir! Du brichst mir ja alle Knochen!«

Der Gigant lacht:

»Oho, der Zwerg kann sogar sprechen! Ein außergewöhnlicher Ersatz für mein kürzlich verstorbenes Vögelchen! Der konnte nur singen, du aber kannst sogar sprechen – herrlich!«

»Ich bin ein Mensch und kein Spielzeug! Merke dir das! Und nun setz mich ab!«

Das Lachen des Riesen dröhnt so laut, dass sich Dario die Ohren zuhalten muss.

»Ich habe einen Platz, wo du dich besonders sicher fühlen wirst, kleiner Mann!«

Der Riese öffnet die Tür eines Vogelkäfigs und setzt Dario vorsichtig auf dem Boden ab. Mit einem Splint, drei Mal so groß wie Dario, verriegelt er die Käfigtür.

»Lass mich raus, du Unhold!«, schreit Dario aus Leibeskräften, »ich bin doch kein Wellensittich!«

»Wie der Gnom so herrlich piepst!«, hört er den Riesen sagen, »fast so schön wie das Zwitschern meines Vögelchens!«

Der Riese kümmert sich nicht weiter um das Geschrei des Gefangenen, sondern setzt seinen breitkrempigen Hut auf und ruft ihm zu:

»Hole dir ein wenig Futter. Bin gleich zurück!«

Dario hört, wie sich die stapfenden Schritte des Riesen vom Haus entfernen.

Gefangen in einem Vogelkäfig – das war Dario schon einmal in dieser verrückten Welt. Doch als Rabe konnte er sich in die Lüfte erheben und der Gefahr entfliehen. Nun aber ist er klein wie ein Zwerg und wird von einem Koloss als Vogelersatz gehalten! Er rüttelt an den Stäben des Käfigs, doch sie sind zu eng, als dass er sich hindurchzwängen könnte. Dario schaut sich um. Sein Gefängnis steht auf einem Tisch vor einem Fenster. Doch er ist zu klein, um hinauszuschauen. An der gegenüberliegenden Wand erblickt er einen Standspiegel, der vom Boden fast bis zur Decke reicht. Ein paar Stühle stehen herum – mehr kann er nicht erkennen. Irgendwie muss er aus diesem Zwinger heraus – aber wie?

Die Tür fliegt auf und der Riese kehrt zurück. Er wirft seinen Hut in die Ecke und stampft durch den Raum. Vor dem Standspiegel bleibt er kurz stehen und betrachtet sein struppiges Haar.

»Oh, zu lang!«, donnert die Stimme des Riesen durch den Raum, »muss bald meine Haare schneiden!«

Dario, der jede Bewegung des Riesen aufmerksam beobachtet, traut seinen Augen nicht: Zu seiner Überraschung erscheint die Gestalt des Riesen im Spiegel winzig klein!

»Der Spiegel muss die Lösung sein!«, schwant es ihm, »ich muss dieses Gefängnis verlassen, um in die Nähe des Spiegels zu gelangen!«

Doch es bleibt keine Zeit für lange Überlegungen! Der Riese nähert sich dem Käfig und klopft mit seinem Zeigefinger so fest an die Gitterstäbe des Käfigs, dass Dario zu Boden fällt.

»Na, mein Kleiner, hast du Hunger. Ich habe dir etwas mitgebracht!«

Der Riese entriegelt die Käfigtür und streut eine Handvoll Körner in den Vogelbauer. Dario muss die Hände schützend über den Kopf halten, als die Ladung auf ihn herniederprasselt.

»He, du Lulatsch!«, beschwert er sich lautstark, »kannst du nicht aufpassen? Du lässt mich in Vogelfutter ertrinken – doch ich bin ein Mensch! Ich brauche Fleisch und Brot – und vor allem Wasser!«

Das Monstrum schaut ihn verwundert an:

»Fleisch willst du haben? Und Brot?«

»Ja – und etwas zu trinken!«, schreit Dario zu ihm hinauf.

Gerade will der Riese ihm eine seiner Tassen, gefüllt mit Wasser, in den Käfig schieben, da ruft ihm Dario zu:

»Die ist zu groß! Darin kann ich baden, aber nicht trinken! Lass mich kurz hier heraus und schütte mir bitte ein wenig Wasser auf einen Teller.«

»Wirst du mir dann auch nicht weglaufen?«, hakt der Riese nach.

Dario schüttelt den Kopf:

»Ich verspreche es! Wohin sollte ich auch laufen, so klein wie ich bin? Setze mich bitte auf den Tisch und fülle mir ein Tellerchen mit Wasser!«

Der Riese grinst – was soll schon schiefgehen? Vorsichtig packt er Dario zwischen Daumen und Zeigefinger und stellt ihn vor eine Untertasse auf dem Tisch.

»Trink, mein Vögelchen!«, fordert ihn der Hüne auf.

Dario nimmt ein paar Schlucke. Als der Riese abgelenkt ist, schiebt Dario das Schälchen blitzschnell über den Rand des Tisches. Der Teller kracht auf den Boden und zerspringt in tausend Teile.

»Du Tollpatsch! Schau, was du angerichtet hast!«, wettert der Riese, »nun kann ich die Scherben aufkehren! Muss draußen einen Besen holen!«

Schon ist er zur Tür hinaus. Darauf hat Dario gewartet. Vom Tisch springt er auf einen Stuhl, von dort klettert er am Stuhlbein hinunter und spurtet hinüber zum Spiegel. Umso näher er dem diesem kommt, umso größer wird sein Spiegelbild – umgekehrt wie bei dem Riesen!

Rumms – da fliegt die Tür auf und der Hausherr ist zurück – in seinen Händen einen Reisigbesen. Erschrocken starrt er auf das Spiegelbild von Dario, das viel größer ist als sein eigenes. Er selbst sieht sich im Spiegel als Zwerg, während Darios Gestalt nunmehr riesengroß erscheint.

»Du elender Wurm! Du willst also doch entfliehen!«, brüllt der Riese und holt zum Schlag mit dem Besen aus.

Dario setzt alles auf eine Karte. Er schnellt nach vorne, hebt ab und springt in den Spiegel – der Riese hinterdrein! Dario öffnet die Augen und findet sich vor dem Spiegel wieder, jedoch in seiner normalen Gestalt. Neben seinen Füßen ein Winzling: Der Riese – klein wie eine Maus! Dario setzt ihn sich auf die Hand und bestaunt ihn nun seinerseits, wie der Riese ihn zuvor auf der anderen Seite des Spiegels.

»Tu mir bitte nichts!«, fleht der nun kleinwüchsige Riese mit piepsiger Stimme.

»Schwöre mir, dass du niemals wieder jemanden in deinen Vogelkäfig sperrst! Falls nicht, zerquetsche ich dich jetzt wie einen Wurm!«, droht Dario mit todernster Miene.

»Nie wieder werde ich es tun! Das schwöre ich beim Hüter der Spiegel!«, gelobt der Kleine auf Darios Hand.

»Dann ziehe in Frieden und kehre zurück in deine Welt!«, antwortet Dario und hält seine Handfläche so nahe an den Spiegel, dass der Mann von dort aus durch den Spiegel springen kann. Kaum ist er fort, verschwindet das Spiegelbild auf wundersame Weise und gibt den Zugang zu einem Gewölbe frei. Auf jeder Seite sind sieben Nischen in die Wände eingelassen. Lange Sitzbänke aus weißem Marmor laden zum Verweilen ein. Das Kopfende des Gewölbesaals wird von einem Baldachin überdacht. Darunter steht ein Kultbild: Ein junger Mann kniet auf einem Stier und stößt dem Tier einen Dolch in den Hals.

»Das ist ja das gleiche Motiv wie in der Saarbrücker Grotte und auf meinem Ring: Mithras, der Stiertöter!«, stellt Dario fest.

Abb. 19: Kultraum des Mithras

Schritte hallen durch den dunklen Gang
hinter ihm. Sie kommen näher, begleitet
vom eintönigen Gesang dunkler Männer-
stimmen. Dario verharrt in der Mitte des
Raumes. Zwei Reihen von Männern in
gelben Kutten, jeweils sieben an der Zahl,
bewegen sich im Takt ihres Gesangs auf ihn

zu. Sie nehmen keinerlei Notiz von ihm, sondern schreiten rechts und links an ihm vorbei und nehmen auf den Bänken vor den Nischen Platz. Der Gesang endet. Reglos und stumm sitzen sie da, mit versteinerten Gesichtern, den Blick starr nach vorne gewandt.

Dario wartet noch ab, was geschieht, doch weder die sieben auf der rechten, noch die sieben auf der linken Seite zeigen eine Regung, bis plötzlich zwei Fackelträger im rückwärtigen Flur erscheinen. In ihrer Mitte ein Mann im Lendenschurz, der ein Tablett vor sich trägt. Darauf eine goldene Schale, ein Kupferstab, eine Sichel aus Silber und eine Phryger-Mütze, auf die ein Sonnensymbol gestickt ist. Bei der Ankunft der Fackelträger erheben sich die vierzehn Männer von ihren Sitzen und beginnen zu singen:

»Ehre den Vätern vom Osten zum Westen unter dem Schutz des Saturn!« Immer wieder singen sie die gleiche Litanei und klatschen dazu im Takt mit den Händen.

Der Mann mit dem Tablett bleibt vor Dario stehen, setzt es zu seinen Füßen ab und verneigt sich vor ihm. Die beiden Fackelträger stellen sich an Darios Seite. Der ist wie zur Salzsäule erstarrt, kann sich nicht bewegen, so sehr er sich auch müht. Man nimmt ihm die Mütze vom Kopf, löst seinen Gürtel, zieht ihm die Gamaschen aus und öffnet schließlich sein Gewand. Als es zu Boden fällt, steht Dario vollkommen nackt da – bis auf den Leibgurt aus der abgeworfenen Haut der weißen Schlange. Der Mann im Lendenschurz schreckt beim Anblick der Schlangenhaut zurück und ruft in den Saal:

»Seht her, er trägt die Haut der weißen Schlange! Er ist es also! Der Lichtbringer ist endlich zu uns gekommen! Lasst ihn uns mit dem heiligen Feuer reinigen!«

Die beiden Fackelträger bringen nun ihre Fackeln ganz nahe an Darios nackten Körper heran und führen diese vom Kopf bis zu den Füßen, über den Rücken hinab bis zu den Beinen. Die vierzehn Männer stimmen wieder ihren gutturalen Gesang an:

»Ehre den Vätern vom Osten zum Westen unter dem Schutz des Saturn!«

Immer lauter, immer schneller wird das Klatschen. Die Fackelträger umrunden Darios Körper. Sie kommen ihm dabei mit dem Feuer so nahe, dass sie ihm die Härchen auf der Haut ansengen – doch Dario verspürt keinerlei Schmerz. Willenlos, wie in Trance, lässt er die Prozedur über sich ergehen. Auf ein Zeichen des Mannes im Lendenschurz zerren ihn die Fackelträger zum Kultbild des Stiertöters. Zu Füßen des Altars ist ein Becken in den Boden eingelassen. Dort stellen sie Dario hinein.

Die Sänger stimmen ein Gebet an:

»Pater, empfange den Auserwählten, der im Spiegel erkannt hat, dass nichts ist, wie es scheint! Empfange den Lichtbringer, den Sohn des Mithras, den Bruder des Lichts!«

In diesem Augenblick rinnt Blut über den Altar hinunter in das Becken. Es strömt aus dem Kultbild, mitten aus der Wunde des Stiers. Der Mann im Lendenschurz nimmt die goldene Schale vom Tablett, füllt sie bis zum Rand mit Blut aus dem Becken und übergießt den noch immer nackten Dario. Das Blut läuft über sein Haupt, tropft über die Schultern hinab zu seinen Lenden und sucht dann seinen Weg über die Beine zurück ins Becken. Als das Blut die um seine Taille gewundene Schlangenhaut benetzt, beginnt diese zu glühen. Sie brennt sich in Darios Haut, vereinigt sich mit ihr, bis sein gesamter Körper mit einem schuppenartigen Muster bedeckt ist. Dario verwandelt sich in ein Echsenwesen: ein Mann mit silbrig glänzender Schlangenhaut. Noch immer verspürt Dario keinerlei Schmerz, aber tief in seinem Inneren eine Sehnsucht. Die Haut der weißen Schlange – Celeste – sie ist nun eins mit ihm! Sein Blick hängt starr auf dem Abbild des Mithras, dem Stiertöter.

Nachdem Dario vom Blut gesäubert ist, legt man ihm ein festliches Gewand an, gürtet ihn, wobei man darauf achtet, dass sein Beutel mit dem Gedicht nicht verloren geht, um ihm anschließend die mit dem Sonnensymbol bestickte Mütze auf den Kopf zu setzen.

»Nimm diesen Kupferstab und die Silbersichel als Zeichen des Paters!«, hört er den Lendenschurzträger sagen, der ihm die beiden Utensilien in die Hände drückt.

Erst jetzt erwacht Dario aus seiner Trance, wendet sich den vierzehn Sängern zu und verkündet:

»Ich bin nun bereit, die sieben Gaben des Lichtbringers zu empfangen!«

»Permissu patris – mit Erlaubnis des Vaters!«, antworten die anderen im Chor.

Der Lendenschurzträger tritt zu ihm und hält seine Hände segnend über Darios Haupt:

»Mögest du im Kampf mit dem Himmelsstier bestehen! Vollende deine letzte Prüfung und werde zum Lichtbringer, zu demjenigen, der durch seine Erleuchtung den Menschen den ewigen Frieden zurückbringt! Werde zum Bruder des Lichts!«

Nach diesen Worten fallen die Versammelten auf die Knie, senken ihre Häupter, während Dario durch ihre Reihen zum Ausgang hinausschreitet. Er fühlt sich stark, unverwundbar durch die Haut der weißen Schlange – einfach übermenschlich!

15 – Die singenden Schwäne

Dario bewegt sich lautlos. Auf seinen schuppigen Füßen gleitet er dahin wie eine Schlange. Der Gang scheint endlos, die kalten Wände abweisend. Es gibt kein Zurück, denn sobald er sich umwendet, steht Dario vor einer undurchdringlichen Mauer. Er hat das Gefühl, schon einen halben Tag durch den Flur gelaufen zu sein, als er vor sich ein Licht erblickt. Er umklammert die silberne Sichel und den Kupferstab nun noch fester mit seinen Händen – und steht plötzlich im Innenhof eines schmucken Gebäudes. Weintrauben ranken an den Fassaden. Von Säulen getragene Arkaden spenden Schatten vor der gleißenden Sonne. Deren Strahlen fallen am Ende des Hofes auf ein Podest, auf dem sich zwei Schwäne niedergelassen haben. Als diese Dario erblicken, strecken sie ihre mächtigen Flügel zur Seite, recken und senken ihre schlanken, langen Hälse auf und nieder. Durch ihre gelben Schnäbel pressen sie sonderbare Töne, die sich in der Luft zu einer Melodie verbinden. Die beiden Vögel beginnen zu singen. Traurig und klagend klingt ihr Lied, doch in Darios Ohren schöner als jeglicher Gesang, den er jemals zuvor vernommen hat!

Abb. 20: Hof der singenden Schwäne

Je näher er kommt, desto verständlicher wird für Dario der Schwanengesang. Bei ihnen angekommen, versteht er jedes Wort, das die beiden Tiere singen:

»Mit dem Stab locke den Himmelsstier zum Ufer des Meeres! Stelle dich ihm zum Kampf mit der silbernen Sichel! Fürchte seine schrecklichen Hörner, aber mehr noch sein tödliches Schnauben, den Odem des Todes! Eile! Geh durch das Schwanentor!«

Die Schwäne ziehen ihre Hälse ein und beenden den Gesang. Nur noch leises Geschnatter ist zu hören.

Ein kräftiger Wind braust auf. Er weht durch den Hof, über die Schwäne hinweg auf drei Vorhänge, die den hinteren Teil des Hofes abtrennen. Der Luftzug drückt die Stoffbahnen zur Seite und gibt den Blick auf ein Portal frei, das ins Freie führt. Dario rennt los und findet sich nach dem Passieren des Durchgangs an einer ausgedehnten Meeresbucht wieder. Ein leichter Wind trägt das Meeresrauschen an seine Ohren. Er schmeckt die salzige Luft auf seiner Zunge. Möwen schreien über ihm. Dario atmet tief ein. Er schlendert am Gestade entlang. Sanft umspülen die Wellen seine schuppigen Beine. Das Kupferrohr und die Silbersichel steckt er in seinen Gürtel, um mit beiden Händen Meerwasser zu schöpfen, mit dem er sich sein Gesicht benetzt. Das salzige Nass, die frische Meeresbrise, das ständig wiederkehrende Schlagen der Wellen, die den schier endlosen Strand mit ihrem Schaum bedecken, lassen in Dario das Gefühl grenzenloser Freiheit aufkeimen. Welch ein Gegensatz nach der Enge des stickigen Labyrinths!

Vor ihm im nassen Sand eine Spur: der Abdruck eines Hufes. Fünf Schritte weiter der nächste Hufabdruck! Wieder braucht Dario fünf weit ausladende Schritte, um zum nächsten zu gelangen. Deutlich sind sie zu sehen! Tief in den Sand haben sich die Hufe gebohrt. Doch es kann kein gewöhnliches Tier gewesen sein. Dario springt mit beiden Füßen in einen der Abdrücke hinein, dessen Rand ihm bis zu den Knien reicht.

»Das muss ja ein gewaltiges Vieh gewesen sein, das seine riesigen Hufe hier so tief eingeschlagen hat!« Dario braucht irgendeinen Halt, um aus dem Loch zu klettern. In seiner Not rammt er das Kupferrohr in den Sand. Der Erdboden beginnt daraufhin zu erzittern. Schnell zieht er sich am Stab in die Höhe. Kaum steht er oben, vernimmt er ein tiefes Grollen vom Grunde des Meeres. Die Wellen schlagen immer stärker ans Ufer, bis sie sich weit draußen am Horizont zu einer haushohen Wand erheben. Mit Brüllen und Schnauben rollt die Wasserwand auf Dario zu, der zu spät erkennt, was sich ihm nähert. Ein riesiger Stier entspringt den Fluten, lässt den sandigen Boden unter seinen Füßen erzittern. Die Erde bebt, als das mächtige Tier mit gesenkten Hörnern auf ihn zurast. Die gewaltigen Hufe drücken sich tief in den Sand. Einen Steinwurf von Dario entfernt bleibt das Monstrum plötzlich stehen und beginnt mit den Hufen zu scharren. Berge von Geröll türmen sich hinter ihm auf. Die Nüstern des Tieres blähen sich auf und speien feuerroten Atem aus. Noch einmal wühlt es mit den Vorderhufen die Erde auf. Dann öffnet der gigantische Stier sein riesiges Maul und schnaubt so kräftig, dass vor ihm die Erde aufbricht. Ein Krater, so tief wie nach einem Erdbeben tut sich vor Dario auf, reißt ihn von den Füßen und droht ihn zu verschlingen. Mit letzter Kraft klammert Dario den im Boden steckenden Kupferstab. Gerade noch kann er sich festhalten, um nicht in den gähnenden Abgrund zu stürzen. Der Stier brüllt vor Wut. Seine Hufe donnern. Heißer Atem quillt aus seinen Nüstern, die sich aufblähen wie Segel. Mit gesenkten Hörnern rast das Untier auf Dario zu. Im letzten Moment rettet der sich durch einen beherzten Sprung zur Seite. Der Sturmlauf des Bullen geht ins Leere. Dario rennt los, versucht zu entkommen. Doch der Stier hat schon gewendet und setzt erneut zum Angriff an. Geifer spritzt aus seinem Maul, bevor er ein weiteres Mal auf Dario zustürzt. Dieser Attacke kann der nicht mehr rechtzeitig ausweichen. Das linke Horn trifft ihn mit voller Wucht in die Brust. Dario wirbelt durch die Luft und schlägt hart auf dem Boden auf. Der riesige Stier verharrt auf der Stelle und beobachtet mit glühenden Augen sein Opfer. Dario regt sich zunächst nicht mehr, doch schon im nächsten Moment ist er wieder auf den Beinen. Er schaut an sich hinunter. Normalerweise müsste ihn das Horn durchbohrt haben – doch er ist vollkommen unverletzt! Kein Tropfen Blut, noch nicht einmal eine Schramme! Die Schlangenhaut ist ein undurchdringlicher Panzer! Dario nimmt allen Mut zusammen, stellt sich breitbeinig dem Stier in den Weg und ruft:

»Komm schon, Stier des Himmels, ich werde dir heute dein Ende bereiten!«

Das Meer, aus dem der Gigant entstiegen ist, türmt sich hinter ihm auf. Der Stier speit Flammen aus Maul und Nüstern. Noch einmal spannt er seine Muskeln und stampft mit den Hufen, dass der Erdboden erzittert. Dann prescht er los. Dario wartet, bis er in seine Reichweite kommt, weicht im letzten Augenblick zur Seite aus, drückt sich vom Boden ab und schwingt sich wie ein Reiter auf den Rücken des Himmelstiers. Er kniet nun auf der wilden Bestie, packt sie beim Schwanz, reißt die silberne Sichel vom Gürtel und stößt zu. Die gebogene Klinge versinkt im Hals des tobenden Stiers. Das Blut schießt in Fontänen aus dessen mächtigen Leib. Der Lebenssaft rinnt in feuerfarbenen Strömen in das Meer. Der Stier strauchelt, geht am Ufer in die Knie, bis er zusammenbricht. Röchelnd liegt der Koloss am Ufer des Meeres, den Blick flehend auf den Horizont gerichtet. Umspült von den Wellen, färbt sich das Wasser blutrot um das tödlich getroffene Tier. Dario watet durch das schäumende Wasser zum Kopf des Stieres, der keuchend auf der Seite liegt.

»Du hättest mich nicht angreifen sollen, Stier des Himmels! In mir ruhen stärkere Kräfte als in deinem massigen Körper!«

Im Todeskampf hebt der Stier seinen Kopf, ein letztes Mal bläst er seine Nüstern auf und stößt einen Strahl feurigen Atems aus den Nasenlöchern. Heiße Dämpfe, kochendes Gift spuckt er Dario mitten ins Gesicht. Der taumelt, wankt und fällt rücklings in die Fluten. Sofort stürzt sich die blutrot gefärbte Gischt auf ihn. Schäumend vor Wut über den Tod des Stieres, packt sie Dario mit tausend nassen Armen und zieht ihn unter Wasser. Der wehrt sich mit allen Kräften bis diese erlahmen. Keine Luft mehr in seinen Lungen!

»Fürchte seine schrecklichen Hörner, mehr noch sein tödliches Schnauben, den Odem des Todes!«, hatten ihn die singenden Schwäne vor dem Himmelsstier gewarnt. Zu spät! Dario haucht seinen letzten Atem aus und sinkt leblos auf den Grund des Meeres.

16 – Celestes Tränen

Vier Meerjungfrauen tragen eine riesige Muschel auf ihren nackten Schultern. Mit ihren kräftigen Schwanzflossen kommen sie schnell voran. Ihr Ziel ist das nahe Gestade, wo sie ihre Last ablassen und mit den Wellen ans Ufer treiben lassen. Die vier warten ab, bis sie sicher sind, dass die Muschel an den Strand gespült wird. Erst dann stimmen sie einen betörenden Gesang an, so hell und klar, dass dieser sogar das Rauschen des Meers übertönt:

PATER – der Vater
Viele Kinder hat er gezeugt,
Viele Köpfe sind vor ihm gebeugt,
Alle Rätsel kennt nur er,
Sein Zuhause ist das endlose Meer!

Angelockt von der Melodie, tauchen zwei Schwäne auf. In ihrem Gefolge zwei mal sieben Männer in gelben Kutten, die paarweise den beiden Vögeln folgen. An der Muschel angekommen, beginnen die

Schwäne mit ihren kräftigen Schnäbeln den geschlossenen Deckel aufzuhebeln. Nach geraumer Zeit klappt die Muschel auf. In ihrem Inneren liegt auf rotem Samt der Leichnam von Dario. Totenstille! Kein Gesang, kein Möwengeschrei, kein Meeresrauschen! Stumm nehmen die vierzehn Kuttenträger die Muschel auf ihre Schultern und ziehen in stiller Prozession zum Haus der Schwäne. Rankten dort noch kürzlich kräftige Weinreben, ist nun alles verdorrt. Von ehemals grünen Pflanzen hängen vertrocknete Blätter herab. Alles Getier, Spinnen, Vögel und Mäuse, sind verschwunden. Selbst der Wind rauscht nicht mehr durch Flure und Höfe. Jegliches Leben scheint erloschen!

Der gespenstische Zug trägt die Muschel mit Darios Leiche bis hin zum Tor des Himmels, wo ihn bereits der Schlüsselmeister erwartet. Mit schluchzender Stimme befiehlt dieser:

»Folgt mir durch das Labyrinth. Ich öffne euch die Pforten bis hin zum Platz des Frie-

dens, wo wir den Leichnam des Auserwählten dem reinigenden Feuer übergeben
werden!«

Angeführt vom Schlüsselmeister mit seiner
Öllampe passiert die Prozession der gelben
Kuttenträger das Gewölbe des Paters, das
Haus des Heliodromos, den Brunnen der
Erkenntnis im Anwesen des persischen
Dichters, durchqueren den Löwenkäfig,
schreiten durch den Waffensaal des Miles
zurück zur Gruft des Nymphus, bis sie nach
dem Käfig des Raben Corax am Ausgangs-
punkt von Darios Reise durch die mystische
Unterwelt der sieben Prüfungen anlangen.
Nachdem der Schlüsselmeister dort die
letzte Tür aufgeschlossen hat, sehen sie sich
einer unüberschaubaren Menschenmenge
gegenüber. Männer erwarten die Muschel-
träger mit hängenden Köpfen, fallen betend
auf die Knie, als sie Darios Leichnam erblicken. In der engen Gasse vor dem Haus des
Schlüsselmeisters drängen sich die Frauen
und Mädchen. Klageweiber raufen sich die
Haare und schreien ihren Schmerz heraus:

»Wehe uns! Der Auserwählte ist gescheitert! Nun kommt großes Unglück über uns und die ganze Welt!«

Als der Zug der Trauernden das Nordtor erreicht, weichen die Wachen zurück, vor allem als sie sehen, dass ein Leichnam in einer geöffneten Meeresmuschel transportiert wird.

»Macht, dass ihr wegkommt!«, ruft ihnen der sonst so strenge Hauptmann zu, »Tote bringen Unglück! Macht, dass ihr zum Tor hinauskommt zum Verbrennungsplatz!«

Während die Männer dem Trauerzug mit gesenktem Blick folgen, lassen die Frauen – animiert von den Klageweibern – ihrem Schmerz über den Verlust des Heilsbringers freien Lauf.

»Was sollen wir bloß ohne seine Hilfe machen?«, jammert eine. »Hat uns nicht der Schlüsselmeister geweissagt, dass der Auserwählte gekommen sei, um die sieben Prüfungen zu bestehen? Hundert Jahre haben wir auf ihn gewartet und nun ist er tot!«

Abseits vom Nordtor der Stadt Sergiopolis liegt inmitten eines Hains aus Olivenbäumen ein mit Lehmziegeln gepflasterter Platz. Ein monumentaler Torbogen markiert den Eingang zu diesem Ort, wo ein paar Männer gerade dabei sind, die letzten Holzscheite zu einem Scheiterhaufen aufzustapeln. Ein Bärtiger in schwarzem Gewand begrüßt den ankommenden Trauerzug mit erhobenen Händen:

»Sei willkommen am Platz des Friedens, Auserwählter! Sei willkommen zu deinem letzten Gang!«

Das Geschrei der Klageweiber erreicht seinen Höhepunkt. In Ekstase wälzen sie sich im Staub, reißen sich büschelweise Haare aus und streuen Staub über ihre Häupter. Die vierzehn Kuttenträger setzen die Muschel mit Darios Leichnam vor dem Scheiterhaufen ab und treten zur Seite, während die anwesenden Männer in einem weiten Kreis um den Brandplatz Aufstellung nehmen. Die Frauen und Mädchen mitsamt den Klageweibern werden von dem Mann im schwarzen Gewand angewiesen, sich im Hintergrund aufzuhalten. Auf ein Zeichen des Bärtigen entzünden sieben der Kuttenträger Fackeln, die sie anschließend in die Höhe recken. Die anderen sieben greifen nach Pinseln und tauchen diese in eine Amphore, die bis zum Rand mit Öl gefüllt ist. Sie bestreichen anschließend den Leichnam vom Kopf bis zu den Füßen mit dem zähflüssigen Saft. Der Mann im schwarzen Gewand murmelt dabei pausenlos Gebete, bis er befiehlt:

»Hebt den Auserwählten auf den Scheiterhaufen!«

Die sieben Kuttenträger legen die Pinsel zur Seite und hieven die Muschel samt Darios Leichnam auf die Holzscheite.

»Fackelträger, waltet eures Amtes!«, befiehlt er den anderen.

Ein Raunen geht durch die Reihen, als sich die Männer mit den brennenden Fackeln dem Leichnam nähern.

»Stopp! Haltet ein!« Der Bärtige ruft die Fackelträger zurück. Alle schauen ihn voller Verwunderung an.

»Wo ist der Schlüsselmeister?«, fragt der Mann im schwarzen Gewand. »Bei der Verbrennung des Leichnams muss er mir, dem Zeremonienmeister, zur Seite stehen! Gerade eben war er doch noch unter uns. Ohne die Anwesenheit des Schlüsselmeisters darf der heilige Akt nicht durchgeführt werden! Hat ihn jemand gesehen?«

»Bevor wir durch das Nordtor zogen, habe ich mit ihm gesprochen. Er wollte die Heilerin aufsuchen. Warum, hat er mir nicht gesagt«, ruft ein gutgekleideter Kaufmann aus der Menge heraus.

»Wie konnte er nur die heilige Zeremonie unterbrechen?«, flucht der Mann mit der schwarzen Kutte. »Er weiß genau, dass der Verwalter der sieben Tore teilnehmen muss, damit die Seele des Auserwählten in einhundert Jahren erneut wiedergeboren werden kann! Die Seele des Auserwählten muss beim Aufsteigen ins Antlitz des Schlüsselmeisters blicken – sonst findet sie den Weg nicht zu uns zurück!«

Rufe werden laut: »Da kommen sie! Der Schlüsselmeister in Begleitung der Heilerin und ihrer sechs Geschwister. Sie eilen gerade durch das Eingangsportal.«

Völlig außer Atem drängt sich der Alte durch die Menschenmenge, Celeste an der Hand hinter sich her zerrend. Deren Brüdern und Schwestern gibt er ein Zeichen, sich abseits zu halten.

Der Mann im schwarzen Gewand faucht den Schlüsselmeister an:

»Was erlaubst du dir, die heilige Zeremonie zu versäumen? Du weißt genau, dass sie ohne deine Anwesenheit nicht durchgeführt werden kann! Und dann führst du auch noch dieses Weib in die Mitte der Männer – hinfort mit ihr zu den Frauen!«

Da erheben die Männer ihre Stimmen:

»Der Zeremonienmeister hat Recht! Frauen haben im Kreis gläubiger Männer nichts zu suchen! Du wirst uns durch deine Anwesenheit Unglück bringen, Heilerin!«

210

Der Schlüsselmeister stellt sich schützend vor Celeste, die beim Anblick von Dario sich über dessen Leichnam beugt und bitterliche Tränen vergießt. Zur Verwunderung aller hält sie sich dabei ein kleines Tongefäß mit bunten Ornamenten an die Wange und fängt jeden ihrer Tropfen darin auf.

»Was macht die Heilerin mit ihren Tränen?«, flüstert einer der Männer seinem Freund zu, »hast du jemals in deinem Leben solch eine Verrücktheit gesehen?«

Der Angesprochene schüttelt den Kopf – wie so viele der Umherstehenden.

»Hört mich an!«, schreit der Schlüsselmeister der aufgebrachten Masse entgegen, »bevor ihr euch an der Heilerin vergreift, hört meine Worte!«

Der Zeremonienmeister drängt die Männer zurück und antwortet: »Sag, was du zu sagen hast, auf dass wir endlich den heiligen Akt vollenden!«

Schnell kehrt Ruhe ein. Der Schlüsselmeister hebt die Hände, um die Aufmerksamkeit auf dich zu lenken:

»Einhundert Jahre lang haben wir, die letzten Anhänger der Glaubensgemeinschaft unseres Herrn Mithras, hier in Sergiopolis auf den Auserwählten gewartet. Wie uns prophezeit wurde, kam derjenige, den Mithras selbst in der heiligen Grotte erkoren hat, in unsere Welt. Sieben Prüfungen waren ihm auferlegt. Sieben Tore musste er durchschreiten. Der Mann, der hier vor euch leblos in der Muschel liegt, hat sich als der Rechtmäßige erwiesen. Er entkam dem Raben, erweckte den Nymphus, besiegte den Miles im Kampf. Er bezwang den wilden Löwen, löste das Rätsel des Persers, klärte die Herkunft des Heliodromus und wurde schließlich vom Pater zum Kampf mit dem Himmelswesen gerüstet. Dieser Mann, der nun tot vor euch liegt, hat den Himmelsstier bezwungen und dessen Blut im Meer vergossen, so wie Gott Mithras es gewünscht! Nur eines hat er nicht beachtet – den tödlichen Odem des Monstrums. Mit dem letzten Atemzug spie ihm das Untier den ätzenden Strahl ins Gesicht, versenkte ihn auf dem Grund des Meeres. So haben wir ihn gefunden, geborgen von Meerjungfrauen.«

»Auch wenn er sieben Tore passiert und alle sieben Prüfungen gemeistert hat, so hat er doch letztendlich versagt!«, unterbricht der Mann im schwarzen Gewand die Ansprache des Schlüsselmeisters, »was nützt uns ein Auserwählter, der nicht mehr am Leben ist?« Der Alte räuspert sich und verkündet mit lauter Stimme:

»Es gibt noch Hoffnung! Hoffnung auf Leben, und damit Hoffnung für uns alle!«

Die umherstehenden Männer und Frauen wollen ihren Ohren nicht glauben:

»Bist du des Wahnsinns, alter Mann? Siehst du nicht, dass der, den du den Auserwählten nennst, mausetot ist?«

In diesem Augenblick schwingt sich Celeste empor, stellt sich auf den Scheiterhaufen und ruft über die Köpfe der Versammelten hinweg:

»Ja, ich bin nur eine Frau – in euren Augen nicht wert, die heiligen Stätten unseres Herrn Mithras zu betreten. Aber Mithras selbst hat den Auserwählten zu mir geführt! Ich war die Erste, die erkannt hat, dass er derjenige ist, auf den wir seit einhundert Jahren warten! Ich war es, die diesen Mann zum Schlüsselmeister geführt hat, damit er für uns die sieben Tore durchschreitet. Wäre ich, eine Frau, nicht gewesen, dann wäre der Auserwählte in die Hände der verhassten Römer gefallen! Und ihr wisst, was sie mit demjenigen machen, der den heiligen Ring des Mithras trägt!«

Celeste ergreift die rechte Hand von Dario, streift ihm den Ring vom Finger und zeigt diesen der Runde.

»Sie hat Recht! Dieser Mann wäre des Todes gewesen, hätte man ihn mit dem geheimen Symbol unserer Gemeinschaft erwischt!«, pflichtet einer aus der vorderen Reihe ihr bei.

Celeste steckt den Ring wieder an Darios Finger und streckt beide Hände flehend zum Himmel:

»Mithras, Herr und Gott, erhöre mein Flehen! Du hast mir den von dir Auserwählten geschickt, um ihn seinem Schicksal zuzuführen. Ich war gehorsam, obwohl ich ihn gerne für mich alleine behalten hätte. Gib mir die Kraft mit meiner Liebe!«

Celeste betrachtet den leblosen Körper von Dario mit liebevollen Augen. Erst kullert eine Träne aus ihren Augenwinkeln, dann immer mehr.

»Sieht er nicht aus, als ob er noch am Leben sei?«, ruft sie aus, »Herr Mithras, hilf!«

Celeste weint und weint. Zu groß ist der Schmerz über den Verlust des geliebten Menschen, der als Heilsbringer angekündigt war. Sie lässt ihren Tränen freien Lauf. Sie fließen in Strömen – über Darios Gesicht, über seine Augen, die Nase, in seinen leicht geöffneten Mund.

»Reiche mir bitte meine Flasche, dass ich auch die Tränen, die ich für meinen Geliebten vergieße, auffange!«, bittet sie den Schlüsselmeister.

Der Alte gibt ihr das Gefäß. Celeste hält es an ihre Wange. Schon bald quillt es über. Der Tränenstrom rinnt Dario über das

Gesicht, sucht den Weg in den Mund. Kaum sind seine Lippen benetzt, schlägt Dario die Augen auf und hustet. Verwundert starrt er Celeste an, deren Tränenstrom sofort versiegt. Zärtlich streichelt sie ihm durchs Haar:

»Ich habe dich wieder!«, flüstert sie ihm zu, »Mithras hatte Erbarmen mit mir – du bist zurück, mein Geliebter!«

Dario richtet sich auf, nimmt Celeste in die Arme, will sie gar nicht mehr loslassen. Doch sein Blick fällt auf die Umherstehenden, die mit offenen Mündern der Erweckung beigewohnt haben. Dario erhebt sich aus der Muschel. Als er einen Schritt auf die Menge zugeht, weicht diese in Panik zurück. Frauen beginnen zu schreien, Männer sinken auf die Knie und bitten Gott Mithras um Beistand.

»Bist du ein Untoter und diese da eine Hexe, die dich ins Leben zurückgerufen hat?«, fragt der Mann im schwarzen Gewand, am ganzen Körper zitternd.

»Hexerei! Schwarze Magie!«, schreit einer aus dem Hintergrund. Die Stimmung schlägt um: »Tötet sie beide, bevor sie uns töten!«, fordert eine Frauenstimme zeternd.

Da erhebt der Schlüsselmeister seine krächzende Stimme:

»Brüder und Schwestern, hört mich an! Es war keine Zauberei und auch kein Hexenwerk! Gott Mithras selbst hat den Liebenden ein neues Leben geschenkt!«

Die Meute lässt sich kaum beruhigen. Noch immer bereit, die beiden zu töten, wirft sich ihnen der Alte entgegen:

»Neben mir steht Dario, der Auserwählte!«, brüllt er sie an, »auf ihn hat unsere Gemeinschaft, habt ihr alle einhundert Jahre lang gewartet. Er hat die sieben Tore durchschritten und alle Aufgaben, die ihm Mithras auferlegt hat, gemeistert. Doch nun steht seine letzte Prüfung an.«

»Eine letzte Prüfung?«, fragt der Zeremonienmeister, »davon steht nichts geschrieben!«

»Oh doch, ihr Unwissenden! Es steht geschrieben, doch nur wir, die Schlüsselmeister, geben dieses Geheimnis weiter vom Vater auf den Sohn. Niemand sonst kennt dieses Mysterium als die Zunft der Schlüsselmeister! Uns wurde von Gott Mithras persönlich auferlegt, dieses Geheimnis nur alle einhundert Jahre preiszugeben – und auch nur dann, wenn der Auserwählte die sieben Tore durchschritten hat. Die Stunde ist nun gekommen, das Geheimnis zu lüften!«

Dario mischt sich nun seinerseits ein:

»Was erzählst du da, alter Mann? Noch eine Prüfung? Davon war nie die Rede!«

Die Stimme des Schlüsselmeisters wird leiser. Mit ernstem Blick fordert er Dario auf, das Pergament aus seinem Beutel zu ziehen und allen das Gedicht vorzulesen, das er aus der anderen Welt mitgebracht hat.

Dario kramt die Pergamentrolle hervor, breitet sie vor sich aus und trägt den Text mit lauter Stimme vor:

Das Licht des Blutes
leuchtet ewig in deinen Adern!
Lass unsere Bruderschaft niemals sterben,
lass sie leben!
»Bibe Sanguinem Sanctum!«
Trink das heilige Blut des Lebens,
denn du bist der, der es vermag,
die Universen zu vereinen.
Und nur dein Fuß öffnet die Grotte,
und nur dein Atem
erweckt zum Leben
den eingeschlafenen Soldaten.
Wenn auch alle Universen
verschwunden sind,
du bist das Licht!
Du bist des Friedens neues Gesicht.
Halte den Krug hoch,
trinke auch den letzten Tropfen aus!
Hundert Jahre sind vergangen,
so lange war unser Schlaf
in diesem ohne Licht kalten Gemach.
Jetzt bist du da! Des Friedens Licht
leuchtet jetzt wieder aus deinem Gesicht.
Lass unsere Liebe dir zum Beweis geben,
unsere Ahnen mit deinem Licht wieder leben!
Und für alles, was einmal nach uns kommt,
der Leiter werden.
Mit der Wärme des Blutes
erlangst du die neue Kraft,

Universen zu vereinen.
Die Vergangenheit und die Zukunft
gehören jetzt alleine dir.
Du trägst das Friedenslicht
in deinem Gesicht.

Der Schlüsselmeister bittet Celeste, ihm die Hand zu reichen. Er steckt ihr einen Ring an den Finger, der demjenigen von Dario wie ein Ei dem anderen gleicht. Beide tragen nun einen gleichförmigen Mithras-Ring.

Celeste betrachtet den Fingerreif von allen Seiten. Dann erhellt sich ihr Gesichtsausdruck und sie tritt neben Dario, lächelt ihn an und sagt:

»Nun habe ich Mithras, unseren gütigen Vater, verstanden! In seiner Poesie teilt er uns Folgendes mit:

Du bist des Friedens neues Gesicht.
Halte den Krug hoch,
trinke auch den letzten Tropfen aus!

Dario, du, der Auserwählte, musst den Krug der Tränen leeren!«

Sie hält ihm das Gefäß an die Lippen. Dario trinkt in kräftigen Zügen, leert ihn bis zum Grund.

17 – Die Lichtbringer

»Welch sonderbare Kleidung! Wo ist mein Gewand und mein blaues Kopftuch?«

Celeste schaut sich um und rüttelt den neben ihr liegenden Dario am Arm:

»Geliebter, wach auf! Wo sind wir hier?«

Dario reibt sich die Augen, streckt die Glieder und erhebt sich. Celeste steht in engen Jeans vor ihm. Ihre schwarzen Locken fallen auf ein hautenges T-Shirt, das ihre weibliche Rundungen durchschimmern lässt.

»Du bist unglaublich hübsch, Celeste!«

Die junge Frau errötet:

»Wo sind wir hier und wieso trage ich solch seltsame Kleider? Und du selbst trägst die gleichen blauen Hosen wie ich auch!«

»Diese Hosen heißen Jeans«, klärt er auf und schaut sich um. Dario wird kreidebleich:

»Wir sind zurück! Wir sind in meiner Welt, Celeste. Wir stehen mitten in der uralten Mithras-Grotte auf dem Halberg in Saarbrücken, meiner Heimatstadt! Schau neben dir auf dem Boden: Dort steht der Krug der Tränen und an meinem Gürtel hängt noch immer der Beutel mit dem Mithras-Gedicht.«

»Du trägst auch noch den Mithras-Ring an deinem Finger!«, stellt Celeste fest. Dann fällt ihr Blick auf ihre eigene Hand:

»Sieh her! Auch meiner steckt noch am Ringfinger!«

Ein Rauschen erfasst das Laub der Bäume. Der kräftige Wind biegt die Äste zur Seite und ein greller Lichtstrahl fällt in die Grotte – genau auf das Kultbild. Die Ringe an ihren Händen beginnen zu leuchten. Eine sanfte Stimme spricht:

»Ihr beiden seid die Auserwählten, die Lichtbringer! Kinder des Mithras, bringt den Menschen meine Botschaft: Licht will ich spenden durch euch. Das Licht der Erleuchtung, das Licht des Friedens und der Liebe. Tragt sie zu den Menschen, wo immer ihr sie findet. Verkündet allen ohne Unterlass, dass es Zeit ist zur Umkehr! Tauscht Liebe gegen Hass, Frieden gegen Krieg, Zuversicht gegen Angst! Seid meine Lichtbringer und lasst die Menschheit aus dem Krug der Tränen trinken, bis Celeste niemals mehr Tränen vergießen muss! Macht euch auf den Weg, Celeste und Dario, ihr seid meine Boten, die Lichtbringer des Mithras!«

Das grelle Licht weicht den wärmenden Strahlen der Sonne. Sie schauen sich in die Augen.

»Was wird aus meinen Geschwistern ohne mich? Ob ich jemals meine Heimatstadt Sergiopolis wiedersehen werde?«, fragt Celeste zaghaft und greift nach Darios Hand.

Dario haucht ihr einen Kuss auf die Stirn und antwortet:

»Sei unbesorgt! Der Schlüsselmeister und die Gemeinschaft des Mithras werden sich um deine Geschwister kümmern. Eines Tages, wenn das Licht im Innern der Grotte auf das Antlitz von Mithras fällt, werden wir zurückkehren.«

»Wann wird das sein?«, fragt Celeste.

»Vielleicht schon morgen oder erst in einhundert Jahren. Vertraue auf Mithras: Wenn er unsere Ringe leuchten lässt, ist die Zeit gekommen! Wir sind die Lichtbringer! Bis es so weit ist, lass uns gehen, um die Menschheit den Weg des Friedens zu lehren!«

Hand in Hand verlassen sie die Grotte des Mithras.

18 – Epilog der Liebe

»Meine Schwestern, meine Brüder – hört mich an!«

Der Versammlungssaal platzt aus allen Nähten. Hunderte haben sich um den Mann mit dem seltsamen Ring am Finger geschart. Die Gespräche der Anwesenden verstummen. Gebannt schauen sie auf den Fremden.

»Es ist genug der Kriege!«, ruft er ihnen zu, »seit über einhundert Jahren fällt ein Volk über das andere her. Genug des Streits, genug der Zwietracht! Hass ist ein schlechter Ratgeber! Folgt dem Pfad der Liebe! Schon viele Auserwählte wurden zu euch geschickt in den letzten tausend Jahren. Ihr habt sie Moses, Buddha, Jesus oder Mohammed getauft. Egal, welchen Namen ihr ihnen gegeben habt – sie hatten alle nur eine Botschaft für euch: Achtet auf denjenigen, der neben euch steht! Reicht ihm die Hand, wenn er in Not, helft ihm auf, wenn er gestrauchelt! Gebt eurem Nachbarn das

Recht den zu verehren, den er für das Höchste hält! Die Freiheit des Geistes bedeutet die Freiheit für uns Menschen. Mich hat man zu euch geschickt, um euch das Licht dieser Erkenntnis zu bringen. Diese Flamme leuchtet in euch allen! Es ist das Licht der Liebe – ihr müsst es nur tief in euch entfachen! Wenn es euch gelingt, werdet ihr grenzenlose Freiheit erlangen! Versucht es! Begrabt jedweden Hass, Neid und Missgunst! Hört die Prophezeiung des Mithras: Erst dann, wenn Celeste keine Tränen mehr vergießt, und der Krug der Tränen bis auf den letzten Tropfen geleert ist, wird Frieden herrschen auf dieser Welt!«

»Woher willst du das alles wissen, alter Mann?«, fragt ein Bursche skeptisch.

Der Greis macht ein paar Schritte auf ihn zu, dass die goldenen Hakenschlüssel, die an einem Bund von seinem Gürtel herabhängen, klirrend aneinanderschlagen. Lächelnd antwortet er:

»Junger Freund, den Weg durch die sieben Pforten des Lichts kennt nur einer: der Schlüsselmeister!«

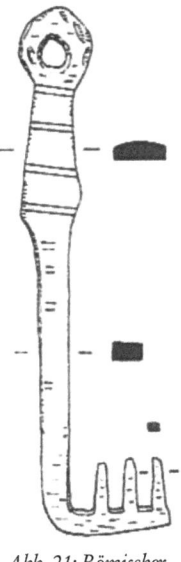

Abb. 21: Römischer Hakenschlüssel

Während sich der triste Versammlungssaal langsam leert, fallen Sonnenstrahlen durch die Scheiben in das Innere des Raumes. Schattenspiele huschen über eine kahle Wand. Der Alte zieht den Fragesteller zur Seite:

»Was siehst du auf dieser Mauer?«, will er von dem Jüngeren wissen.

Der wirft nur einen kurzen Blick darauf und antwortet:

»Eine kahle Wand sehe ich – sonst nichts! Rein gar nichts!«

»Öffne dein Herz, denn auch du kannst zum Lichtbringer werden! Die Liebe schlummert tief in jedem von uns – man muss sie nur erwecken. Denke an das, was du am meisten liebst und schau dann noch einmal genauer hin!«

Der junge Mann konzentriert sich. Ein Lächeln fliegt über sein Gesicht:

»Ich erkenne irgendwelche Strukturen«, bekennt er zunächst sehr zögerlich. Im nächsten Moment beginnt er zu jubeln:

»Nun wird es immer klarer. Da steht etwas geschrieben!«

Der Alte zittert so sehr vor Aufregung, dass die an seinem Gürtel herabhängenden Schlüssel kräftig zu klappern beginnen.

»Lies vor!«, fordert ihn der Alte auf, »sag mir, was du siehst!«

228

Der Jüngere kneift die Augen ein wenig zusammen und trägt vor:

Gott weiß wo!
Wenn unsere Seelen Blumensamen wären,
wir pflückten schwarze Beeren,
ließen Hass sich schnell vermehren,
und es gäbe keine Rosendüfte mehr,
es sei denn, sie kämen
von den Kinderseelen her.
Ich befürchte schwarzes Träumen,
Schlangen wüchsen von den Bäumen,
ließen alles Gute säumen.
Der Gestank wäre furchtbar stark
und wir lebten in der Dunkelheit,
Finsternis wäre jeden Tag.
Gott sei Dank, es ist nicht so
und die Hölle ist irgendwo.
Gott weiß wo.

Der Alte klopft ihm auf die Schultern:
»Nun bist auch du bereit, junger Freund! Einhundert Jahre haben wir auf dich gewartet. Begleite mich zur Grotte des Mithras! Wir beide haben einen beschwerlichen Weg vor uns!«

19 – Abbildungsverzeichnis

1. Historischer Rundweg auf dem Saarbrücker Halberg; Auszug aus der Broschüre zu »60 Jahre Saarländischer Rundfunk«, Hrsg. Saarländischer Rundfunk (Saarbrücken 2017), Mithrasheiligtum = Station 4.

2. Mithras tötet Stier. Zeichnung von Vlad Hnatovskiy nach einem Kultrelief aus Rom; s. Manfred Clauss, Mithras – Kult und Mysterium (Darmstadt 2012), Seite 140, Abb. 106.

3. Das Gewölbe; Zeichnung von Vlad Hnatovskiy nach einem Foto von Ari TUR in der Zisterne von Resafa/Sergiopolis in Syrien.

4. Römischer Laden; in: A. von Eye, Atlas der Culturgeschichte. 55 Tafeln in Stahlstich nebst erläuterndem Texte. Separat-Ausgabe aus der zweiten Auflage des Bilder-Atlas (Leipzig 1875), Taf. 26, Nr. 7.

5. Die vornehmen Damen; in: A. von Eye, Atlas der Culturgeschichte. 55 Tafeln in Stahlstich nebst erläuterndem Texte. Separat-Ausgabe aus der zweiten Auflage des Bilder-Atlas (Leipzig 1875), Taf. 23, Nr. 7, phrygische Frauentrachten.

6. Nordtor von Resafa / Sergiopolis; Johannes Odenthal, Syrien – Hochkulturen zwischen Mittelmeer und Arabischer Wüste – 5000 Jahre Geschichte im Spannungsfeld von Orient und

Okzident. DuMont Kunst-Reiseführer (Köln 1982), Seite 263.

7. Der Tod der Mutter; in: A. von Eye, Atlas der Culturgeschichte. 55 Tafeln in Stahlstich nebst erläuterndem Texte. Separat-Ausgabe aus der zweiten Auflage des Bilder-Atlas (Leipzig 1875), Taf. 19, Nr. 12: Leichentrauer.

8. Die erste Pforte; Zeichnung von Vlad Hnatovskiy nach einem Foto von Ari TUR: Pforte im Kloster St. Georg bei Homs /Syrien.

9. Das Adler-Gefäß; in: A. von Eye, Atlas der Culturgeschichte. 55 Tafeln in Stahlstich nebst erläuterndem Texte. Separat-Ausgabe aus der zweiten Auflage des Bilder-Atlas (Leipzig 1875), Taf. 27, Nr. 39 links.

10. Die Braut des Nymphus; in: A. von Eye, Atlas der Culturgeschichte. 55 Tafeln in Stahlstich nebst erläuterndem Texte. Separat-Ausgabe aus der zweiten Auflage des Bilder-Atlas (Leipzig 1875), Taf. 23, Nr. 1: Phrygische Trachten.

11. Miles – der Soldat; in: A. von Eye, Atlas der Culturgeschichte. 55 Tafeln in Stahlstich nebst erläuterndem Texte. Separat-Ausgabe aus der zweiten Auflage des Bilder-Atlas (Leipzig 1875), Taf. 29, Nr. 11, links: Langobarde.

12. Leo, der Löwe des Jupiter; in: D. Schlumberger, Der Hellenisierte Orient. Die griechische und nachgriechische Kunst außerhalb des Mittelmeer-

raumes. Kunst der Welt. Ihre geschichtlichen,
soziologischen und religiösen Grundlagen.
(Baden-Baden 1980), Seite 48, Fig. 20: Nimrud
Dagh. Stele mit der Sternkonjunktion in der
Konstellation des Löwen.

13. Das Labyrinth; Zeichnung von Vlad Hnatovskiy
nach einem Foto von Ari TUR: Unterirdische
Grabanlage in Palmyra / Syrien.

14. Der persische Dichter; in: A. von Eye, Atlas der
Culturgeschichte. 55 Tafeln in Stahlstich nebst
erläuterndem Texte. Separat-Ausgabe aus der zweiten Auflage des Bilder-Atlas (Leipzig 1875), Taf.
31, Nr. 13: Türke.

15. Der Brunnen der Erkenntnis; in: A. von Eye,
Atlas der Culturgeschichte. 55 Tafeln in Stahlstich
nebst erläuterndem Texte. Separat-Ausgabe aus der
zweiten Auflage des Bilder-Atlas (Leipzig 1875),
Taf. 26, Nr. 10: Römisches Nymphäum.

16. Saal des Heliodromus; in: A. von Eye, Atlas der
Culturgeschichte. 55 Tafeln in Stahlstich nebst
erläuterndem Texte. Separat-Ausgabe aus der zweiten Auflage des Bilder-Atlas (Leipzig 1875), Taf.
26, Nr. 4: Rekonstruktion eines pompejanischen
Hauses.

17. Das Portal des Himmels; in: A. von Eye, Atlas der
Culturgeschichte. 55 Tafeln in Stahlstich nebst
erläuterndem Texte. Separat-Ausgabe aus der zweiten Auflage des Bilder-Atlas (Leipzig 1875), Taf.
18, Nr. 5: Eingang eines griech. Hauses.

18. Das Haus der Spiegel; in: A. von Eye, Atlas der Culturgeschichte. 55 Tafeln in Stahlstich nebst erläuterndem Texte. Separat-Ausgabe aus der zweiten Auflage des Bilder-Atlas (Leipzig 1875), Taf. 18, Nr. 4: Hof eines Hauses in Zentralsyrien.

19. Kultraum des Mithras; s. Manfred Clauss, Mithras – Kult und Mysterium (Darmstadt 2012), Seite 56, Abb. 14 – Rekonstruktion des Mithräums in Sofia.

20. Hof der singenden Schwäne; in: A. von Eye, Atlas der Culturgeschichte. 55 Tafeln in Stahlstich nebst erläuterndem Texte. Separat-Ausgabe aus der zweiten Auflage des Bilder-Atlas (Leipzig 1875), Taf. 26, Nr. 6: Garten eines pompejanischen Hauses.

21. Römischer Hakenschlüssel. Gefunden in der spätrömischen Siedlung Frauenwiese; Datierung: 3. – 5. Jh. n. Chr.; der 10,4 cm lange Schlüssel aus Eisen besitzt einen Bart mit drei Zinken und wurde am Gürtel hängend getragen. Infos unter www.schichtwerk-gilching.de.

20 – Literaturverzeichnis

Clauss, M.: Mithras – Kult und Mysterium (Darmstadt 2012).

Eye, A. von: Atlas der Culturgeschichte. 55 Tafeln in Stahlstich nebst erläuterndem Texte. Separat-Ausgabe aus der zweiten Auflage des Bilder-Atlas (Leipzig 1875).

Odenthal, J.: Syrien – Hochkulturen zwischen Mittelmeer und Arabischer Wüste – 5000 Jahre Geschichte im Spannungsfeld von Orient und Okzident. DuMont Kunst-Reiseführer (Köln 1982).

Saarländischer Rundfunk: Historischer Rundweg auf dem Saarbrücker Halberg; Auszug aus der Broschüre zu »60 Jahre Saarländischer Rundfunk«, Hrsg. Saarländischer Rundfunk (Saarbrücken 2017).

Schlumberger, D.: Der Hellenisierte Orient. Die griechische und nachgriechische Kunst außerhalb des Mittelmeerraumes. Kunst der Welt. Ihre geschichtlichen, soziologischen und religiösen Grundlagen. (Baden-Baden 1980).

21 – Weitere Werke der Autoren

Elvira Kujovic

Ein Gedicht schreit auf aus meiner Brust
ISBN: 978-3-03831-052-5

Wir leben, lieben und genießen. Wir sind
glücklich, traurig und sehnsüchtig, eben
menschlich. Dazu gehört Liebe, Toleranz,
Empathie und die Neugier auf Mitmenschen,
die neben unseren Türen leben oder unsere
Wege kreuzen, ebenso wie auf weit entfernte
Kulturen und Gesellschaften.

The Last Coffee

In Englisch: ISBN: 9781387469772

Bilingual: Englisch & Mandarin:
ISBN: 978-9863265504

Ljubav i strah
ISBN: 978-8679744661

L'Amore e la paura.
ISBN: 978-899584658

Ari TUR

Die Buch-Serie »Ari TUR – König der vier Welt-gegenden« kann im Buchhandel, aber auch direkt beim Autor bestellt werden.

Mail: assur@t-online.de
Infos: www.assur.jimdo.com

König der vier Weltgegenden – Band 1:

Der Blaue Fuchs
ISBN: 978-3-937246-56-7

Der Archäologe Ari entdeckt bei einer Ausgra-bung in der syrischen Wüste ein assyrisches Ton-tafelarchiv aus dem 13. Jh. v. Chr., doch der ›Blaue Fuchs‹, ein Grabräuber, bekommt Wind von dem sensationellen Fund ...

König der vier Weltgegenden – Band 3:

Der Pferdedämon
ISBN: 978-3746015842

Der Hurriter Senni gerät als Schuldknecht in die Fänge des rücksichtslosen Pferdezüchters Kikkuli aus dem Volk der Mitanni. Sein Dienstherr erklärt Senni zu seinem Ziehsohn und bildet ihn zu einem Pferdekundigen aus. Von der Brutalität seines Pflegevaters angewidert, flieht Senni gemeinsam mit zwei Freunden vom Gestüt und gerät dabei in die Kriegswirren zwischen Assyrern und Mitanni. Der elamische Bogenschütze Banū steht ihm bei – doch kann er Senni auch vor den dämonischen Kräften seines Ziehvaters bewahren?

König der vier Weltgegenden – Band 3:
   Die Elamische Schlange
   ISBN: 978-3746016429

Der Hurriter Senni wird als Eilbote des Herr-
schers immer tiefer in die Kriegswirren zwischen
Assyrien und seinen Nachbarstaaten verstrickt.
Tukulti-Ninurta I., König über Assyrien, will
endlich seinen Traum von der Weltherrschaft
realisieren. Er schickt Senni und dessen Freund
Banū, einen elamischen Bogenschützen, auf eine
gefährliche Mission in das Land der Feinde. Sie
stoßen auf das Geheimnis der Elamier, das sie
fortan unter Einsatz ihres Lebens hüten müssen.

›Die Elamische Schlange‹ verbindet von nun an
das Schicksal der beiden Männer ...